双葉文庫

大富豪同心

お化け大名

幡大介

目次

この作品は双葉文庫のために書き下ろされました。

お化け大名　大富豪同心

第一章　ゴギミンサマ

一

外様大名、川内家《かわうち》七万石の領地（玉御崎藩《たまみさき》）は山陰地方にあった。領内には険しい岩山が連なっていて、岩山の麓はそのまま海に突き出している。農地に適した平野は海沿いではなく、山中の盆地に切り開かれていた。

川内家はけっして貧乏な小藩ではない。山陰地方は、その陰気な字面とは裏腹に、夏場は好天に恵まれる。夏の陽光は米の育成には絶対に欠かせない。山の雪解け水も豊富なので旱《ひでり》になることもない。まこと、米の生産にはうってつけの土地柄なのだ。

山林資源もまた豊富である。海に目を転じれば、北前船の通り道でもあるので、交易の利も期待できた。

この地方の人々は、およそ、飢えるということを経験せずに暮らしていた。領主である大名家がまともな治世を心がけてくれるのなら、なんの心配もなく暮らしていける土地柄であったのだ。

その玉御崎藩領に今年の春先、ちょうど根雪が溶けて地面が顔を出し、雪の下から緑が芽吹き始めた頃から、怪しい噂が広がり始めた。

ゴギミンサマが立った、という。

村々で不気味な噂が、声をひそめて、囁《ささや》かれていた。

ゴギミンサマとは何か。どうやら五義民様という字を当てるらしい。義民とは義に適《かな》う立派な行いをした民人（百姓、町人）のこと。その義民の亡霊が五人揃って練り歩くのだそうな。

玉御崎藩領の外れに刑場がある。おおよそ刑場というものは、領内の出入り口となる街道筋に置かれ、処刑された死体を見せしめとして晒《さら》すことで、領内に入ってくる悪人への警告にする。街道筋の野原が切り開かれて獄門台や磔柱《はりつけばしら》が並べられていた。

　刑場と聞くと、寂しく人気もない場所を連想しがちだが、実際には藩内で一番人通りの多い大街道の脇にあるのである。昼夜違《たが》わず大勢の人々が行き交っているのだ。玉御崎藩領は豊かな土地柄で犯罪も少ない。ごく稀に、流れ者が引っ張られてきて百敲《たた》きの刑を受けているぐらいで、ここに死体が晒されることなどは滅多になかった。

　ところが、誰が言い出したのかはわからないが、この刑場に「ゴギミンサマが立った」ということになってしまった。

　五人の義民は数十年前、この地で磔柱にかかって処刑された。だからこの刑場に幽霊となって現われるのは理由のないことでもなかったのだ。

　ゴギミンサマが現われた――という噂は、領民たちより、為政者である武士たちの神経を逆撫《さかな》でした。なぜならゴギミンサマが義民と尊称されることになった理由というのが、藩の酷政から百姓領民を救うため江戸の公儀に直訴をした、というものであったからだ。

「まことにもってけしからん！」

　玉御崎藩で百姓地を統《す》べているのは郡《こおり》奉行とその代官たちである。町人地を支配しているのは町奉行、街道と宿場の管理は道中奉行だ。三人の奉行は一様に激怒した。鳩首《きゅうしゅ》会議を開いて、事の真相を暴くことにした。

たかが怪談話の流行《はや》りぐらいで藩の重役が乗り出してくるとはあまりにも大げさ、あるいは浅慮《せんりょ》にも思えるのだが、そうも言ってはいられない。ゴギミンサマは百姓領民たちから見れば救いの神だが、武士から見れば反逆者だ。

悪しき噂の広まる背景には、藩政への批判があるのかも知れない。ゴギミンサマ待望論などを放置していたら、本当に義民が出てきて一揆など策謀されかねなかった。

奉行たちは役人を走らせて取締りに当たらせた。まずは、誰が噂の出所なのかを確かめようとした。

ところが結局、というかやっぱりというか、話の出所は判然とはしなかった。「旅のお坊様から聞いた」だの「他国者の商人が血相を変えて宿屋で喋《しゃべ》って、次の日の早朝には逃げるように旅立っていった」だの、まったく要領を得ない。

探索はすぐに頓挫《とんざ》してしまい、役人たちは切歯扼腕《せっしやくわん》して悔しがった。

こういう噂を聞きつけると、「ならばこのわしが」などと言い出す豪傑連が必ず登場する。我が名を揚げる好機だと考えたのか、それとも単に暇を持て余していたのか、家中の武芸自慢の若侍が、親しくしている中間《ちゅうげん》を連れて深夜の刑場に乗り込んだ。

この中間は身の丈六尺一寸（約百八十五センチ）もある大男で、領内の神社の勧進相撲では負けなしという田舎大関でもあった。身分は低いが武芸に秀でているので、武芸自慢の若侍とは良い合口《あいくち》であった。

若侍も体格は立派だ。まだ二十歳そこその年齢だが、可愛げのない、いかつい顔つきなので十歳は老けて見られる。田舎大関のほうは濃い鎌髭《かまひげ》ともみあげをたっぷりと生やしている。いかにも恐ろしくて強そうな主従の姿であった。

二人は刑場に乗り込んだ。だが、まだ宵の口で、旅人が何人も歩いていた。近くには集落もあって、旅人に宿を提供している。一膳飯屋から明かりが漏れていて、酔っぱらいの声まで聞こえてきた。

予想していた刑場の光景とはだいぶ雰囲気が異なる。豪傑主従は拍子抜けしたが、せっかくなので路傍の石に腰を下ろし、用意してきた酒など酌み交わしながら深夜になるまで粘ることにした。

そのうちに月が沈み、宿場の明かりも落ちた。辺りは漆黒の闇となった。

さすがに夜旅をする者もいない。刑場の空気が急に不吉なものに変わった。

豪傑主従は、いよいよ面白くなってきた、と言わんばかりに、刑場のほうに目を向けていた。

そうやって、どれくらい経ったことだろう。国境《くにざかい》のこの辺りには時の鐘などという気の利いたものはない。若侍がおおよそ直感で、そろそろ暁九ッ（午前零時）か、と思っていた時、

「だっ、旦那！」

田舎大関の、震える声が聞こえてきた。

なにしろ真の闇であるので隣にいるはずの田舎大関の姿すら見えない。

「なんだ、どうした」

「あ、あれを……」

指差しているらしいが指も見えない。若侍は視線をあちこちにおよがせて、そして「あっ」と叫んだ。

刑場の闇の中にボンヤリと、何者かの姿が浮かび上がっていたのだ。

「あれは……！」

刑場に並んだ五本の磔柱に、五人の男が磔にされている。闇の中で五人の姿が

青白い燐光《りんこう》を放っているようにも見えた。

「五義民の霊か！」

さすがの若侍も全身の毛を逆立てた。ジワッと冷や汗を流しながら後ずさりをした。

しかし、ここで逃げ帰るわけにはいかない。武名を揚げるために乗り込んできたのに、醜聞を広める結果になってしまう。田舎大関の手前もある。勇気を振り絞って叫んだ。

「貴様たちは、直訴の罪で処刑された、百姓どもの死霊か！」

返事はない。

「なにゆえ、今頃になって現われたッ。なんぞ訴えたきことがあって迷い出たのか！　申したきことがあるのなら、申すがよいッ！」

すると闇の中から不気味な笑い声が、複数、響いてきた。そして一同の代表らしい者からの返答があった。

「百姓を苦しめる者があれば、何度でも、この地に立ち返る……」

「なにっ」若侍は顔色を変えた。

「百姓を苦しめる者とは、我ら家中のことを申しておるのかッ」

これは藩士として聞き捨てならない。赫怒《かくど》した若侍への返答は、一斉の嘲笑《ちようしよう》であった。

「おっ、おのれッ！」若侍は刀を抜いた。

「百姓の分際で政《まつりごと》を誹謗《ひぼう》するとは許せぬッ、成敗してくれるッ」

一度成敗されて死んだ者を、成敗し直すことができるのかどうかはわからないが、刀を構えて刑場のほうに走り出した。

磔柱にかけられた死霊たちは、みな一様に痩せていて帷子《かたびら》一枚を着けた姿。首を垂らし、少なくとも強そうには見えない。しかも両手両足を縛られているのだから尚更無力に見える。

「キエーッ！」

若侍は恐怖を振り払おうとして、気勢の声を張り上げた。真ん中の死霊に駆け寄り、斬りつけんとした瞬間、

「うわっ」

何がどうなったのかわからない。若侍はもんどりをうって地面に叩きつけられていた。

「ぎゃっ」

したたかに身体を打ちつけてしまい、一瞬、気を失った。

「旦那ッ！　旦那ッ！」

田舎大関に揺さぶられて、ようやく息を吹き返す。

「にっ、逃げやしょう！」

田舎大関は完全に怖《お》じ気《け》づいている。若侍に肩を貸して集落の方に走った。

「開けてくれ！　開けてくれ！」

田舎大関は宿屋の表戸を叩く。薄い木戸など叩き破ってしまいそうな勢いだ。それほど怯《おび》えていたのである。

若侍も一緒になって戸を叩き、声を張り上げた。

やがて戸が開けられて、灯《ひ》が突き出されてきた。宿屋の主はギョッとして二人を見た。

「どうしなすった。お二人とも泥だらけだ」

若侍は、灯に照らされた自分の姿と、田舎大関の姿を見た。全身が泥だらけ。田舎大関などは髷《まげ》まで泥水にまみれている。どういう負け方をすればそんなふうになるのか、ちょっと想像がつかない。

さらに若侍はハッとなった。自分の腰には鞘が差さっているだけで、肝心の刀がない。あの場に置き捨てにしてしまったのだ。これは武士として、切腹モノの失態、恥辱であった。

若侍は田舎大関の手で宿屋の土間に引き込まれた。背後で戸が閉められる。若侍は、安堵《あんど》と絶望で我を忘れて、その場にヘナヘナと膝をついてしまった。


若侍と田舎大関の受難は、すぐさま領内の全域に伝わった。二人とも乱暴な鼻つまみ者ではあったのだがその強さは誰もが認めていた。いよいよもってゴギミンサマの恐ろしさが喧伝《けんでん》される結果となったのだ。

若侍は恥をしのんで屋敷に閉じこもっている。その有り様を見た家中の侍たちは、同じ恥などかきたくないと考えて、夜中の刑場には決して近づかないようにしていた。


しかし、これでもまだ、川内家の藩士たちの焦燥は、さほど切羽詰まったものではなかったのだ。なぜならゴギミンサマたちを酷政で苦しめたのは川内家ではなかったからだ。

大名はことあるごとに転封を繰り返す。かつて玉御崎藩領を治めていた大名家は、五人の義民の直訴状で乱脈藩政が公儀に伝わり、藩主は隠居をさせられたうえで陸奥《むつ》の僻地に飛ばされた。

川内家は、その後を受けて領主となった大名だったので、ゴギミンサマに怨《うら》まれる筋合いはない。

むしろこの噂に頭を悩ませ、胃の痛い思いをさせられていたのは、一部の庄屋たちのほうであった。

領内のとある一村に、田中喜左衛門《たなかきざえもん》という庄屋がいた。庄屋は村の管理と運営、年貢の取り立てなどを、郡奉行や代官から委任されている。公人と見做《みな》されているので苗字と帯刀を許されていた。

この庄屋の先々代は、ゴギミンサマの直訴騒動の際、藩の側に立って(つまりは藩と癒着をして)農民たちをさんざんに苦しめたという過去があった。

五人の義民が正義の英雄なら、庄屋の田中家は悪役だ。百姓たちから白い目で見られ、子や孫の代まで切ない思いをさせられた——という経緯があった。

喜左衛門は祖父の悪行を償うために、ずいぶんと気を使って農民たちを慰撫《いぶ》していたところであったので、この噂に心を痛めると同時に、怒り狂った。

「まったくもって執念深い悪霊だ！　前のご領主様は処罰され、新しいご領主様がお見えになったというのに、いったいいつまでこの地に祟《たた》るつもりなのだ！」

などと地団駄を踏んでいたのであるが、ふと、思うところがあって、手代の八《や》助《すけ》を呼んだ。庄屋屋敷の手代は庄屋の公務を助ける役目を負っていて、百姓の身分ではあるが農村社会ではけっこう偉い。

座敷の前までやってきて濡れ縁に膝を揃えた八助を、喜左衛門は鋭い眼光で睨《にら》みつけた。

「わたしはこれから悪霊退治をするからね、お前も手伝うんだよ！」

後に、この時の状況を役人に問われた八助は、「庄屋様は気が違われたのではないかと思った」と答えたという。

唖然呆然《あぜんぼうぜん》として返事もできないでいる八助に、喜左衛門は早口で続けた。

「今の世の中、悪霊なんているものかい！」

印刷文化が発達し、地方でも、金さえ出せば質の高い知識を得ることができるようになってきた。学問に対する熱気は高い。喜左衛門も流行《はや》りの蘭学に傾倒していた。

蘭学の実証主義的な学問を修めた者からすれば、怨霊《おんりょう》など、笑い飛ばすべき妄想に過ぎない。

しかし八助のほうはあくまでも農村文化に育まれた男である。読み書きは寺で和尚様から授けられた。本堂に掛けられた地獄絵や恐ろしい説話を本気で信じている男だった。

「お止めください！　そんなことをしても、ろくなことになりゃあしません！」

と、しごく真っ当な諫言《かんげん》をしたのだが、喜左衛門は聞く耳を持たない。

「お前は、ゴギミンサマなんてものが、本当にいると思っているのかい」

いると思っているのか、と問われれば、いると思っているし、いて欲しいとも思っている。そういうモノに積極的に世直しをお願いしたいくらいだ。

八助は困った。主人に逆らって「いると思います」と答える度胸はない。しかし「いないと思います」とも答え難い。草葉の陰からゴギミンサマが聞いているかも知れない。恐ろしい。

「そんなもの、いるわけがない。そうだろう」

八助が言いよどんでいるうちにも喜左衛門は、勝手に話をどんどん進めていく。八助の目には喜左衛門のほうがなにかにとり憑《つ》かれているかのように見えた。

「おおかた、たちの悪い嫌がらせに違いないよ。そうだろう」

「はぁ」

「先々代の話なんぞにいつまでも執着して、いったいどういう魂胆だろう」

確かに、誰かの悪戯《いたずら》、あるいは嫌がらせだということも考えられる。と、八助も思わないでもない。なにしろこの藩はせいぜい七万石の狭い天地だ。百姓領民たちは何代にも渡って、顔をつき合わせて暮らしてきた。そういう暮らしをしている者たちは大昔の遺恨をいつまでも腹の内に抱えていたりもする。

（しかし、本物のゴギミンサマだったらどうするのだ）

祟りにあって死にたくはない。喜左衛門と八助は、ゴギミンサマたちから見れば敵側の人間なのだ。

「お侍様にできないというのなら、わたしが退治してみせるよ！」

喜左衛門がスックと立ち上がりながら言い放った。八助は愕然《がくぜん》とした。

「旦那様……」

喜左衛門はまさに怒髪天を衝《つ》く勢いで、眉毛を吊り上げ、怒らせた眼差しを天井の方に向けている。

「この田中家だって、戦国のみぎりには歴《れっき》とした地侍だったんだ！」

庄屋にはそういう過去を持っている家が多い。

喜左衛門は物置に飛び込むと、あちこち蹴倒し、かき回し、凄《すさ》まじい音を立てながら錆び槍を一本、抱えて戻ってきた。

「さぁ、善は急げだ。今夜にもヤツらの正体を暴いてくれよう！」

八助は呆《あき》れ返って、呆然と主の姿を見つめるばかりだ。武芸自慢の侍と、田舎大関でも勝てなかった相手に対して錆び槍一本でどう立ち向かうつもりなのか。まさに乱心したとしか思えなかった。

二

喜左衛門は槍を片手に刑場へ向かった。

苗字帯刀が許された庄屋でも、槍を掲げて練り歩くことは許されていない。槍は身分を示す階級章のようなもので、その様式を見れば、どの程度の禄高の武士なのか、あるいはどのような官位の大名なのかが一目でわかるようになっている。百姓が槍を掲げて歩くことは身分詐称の重罪なのだ。

手代の八助は、内心では、誰かお役人様に見咎《みとが》めてもらいたい、と願っていた。主人は明らかに正気ではない。お役人様に一喝されれば正気を取り戻すかも知れない。

正気に返らなくても、お役人様が取り押さえてくれるだろう。さすればこの馬鹿げた騒ぎも終り、自分も刑場などに乗り込まずとも済む。

ところが、夜の街道には誰一人として歩いていなかった。皆、ゴギミンサマの噂に怯えているのだ。夕闇の訪れとともに戸を閉ざして、震えながら念仏を唱えていたのである。

結局、喜左衛門主従は街道外れの刑場まで、誰に咎められることもなく、到着してしまった。

折り悪しく雨が降りはじめた。

春とはいえ、雪解けしたばかりの時期だ。雨は氷のように冷たい。

雨天を予見した八助は蓑《みの》を背負って、笠も被ってきた。しかし喜左衛門は羽織を着けているだけだ。八助は自分の蓑を脱いで、喜左衛門に着せ掛けようとした。すると喜左衛門は激しく憤《いきどお》って、八助の手を振り払った。

「蓑など着けていては、槍を振るう時、邪魔になる」という言い分であった。八助はもうなにも言う気がしなくなって、雨に濡れる喜左衛門の羽織の背中を見つめた。

夜は更けていく。雨風は激しくなり、いよいよ凄《すさ》まじい雰囲気になってきた。

八助が下げた提灯《ちょうちん》も風にあおられ、いつ吹き消されるかわからない。八助は身震いしながら、主人の気が変わるのを待った。

そうやってどれほど絶望的な時間が過ぎたことだろう。突然、喜左衛門が声を上げた。

「八助！　あれはなんだ！」

一目見るなり八助は「ヒイッ」と叫んだ。

闇の中に磔柱が五本、浮かび上がっている。それぞれに痩せた男たちが磔にされていた。噂どおりの光景だ。

「だ、旦那様！」

八助は喜左衛門の肩を揺さぶった。逃げましょう！　と言いたかったのであるが、喜左衛門は、「さぁ、勝負どころですぞ」と励まされたように感じたらしい。槍をかいこんでりゅうとしごいた。

「おのれ怨霊！　いまさらどうして迷い出たか！」

するとと磔柱のほうから、確かに不気味な声が聞こえてきたのだ。

「うらめしや、喜左衛門……」

「庄屋の身でありながら暗君に与《くみ》して百姓衆を苦しめた裏切り者……」

「この恨み、子々孫々まで忘れぬぞ……」

喜左衛門はカッと激怒した。

「黙れッ！　怨霊どもめ、地獄に送ってくれるわッ！」

八助は「あっ」と叫んだ。叫びながら腕を伸ばして、喜左衛門を掴《つか》み、引き戻そうとした。

しかしその指はあと少しで、喜左衛門には届かなかった。

「うおおおおおお～～～～ッ！」

雄叫《おたけ》びを上げながら喜左衛門が突進していく。

「旦那様ッ」

八助は追いすがろうとしたが、足元は雪解け水と雨によって一面の泥になっている。さらには八助の腰は恐怖で完全に力が抜けていた。

喜左衛門が闇に向かって走っていく。提灯の明かりの届く範囲は狭い。その姿もすぐに見えなくなってしまった。

そして――

「ギャアアアアアアアッ！」

凄まじい絶叫が響きわたり、同時にゴギミンサマの姿がフッと消えた。

八助はこけつまろびつ近くの集落へ走った。集落の方でも喜左衛門の悲鳴を聞きつけたらしく、すぐに明かりが灯《とも》された。

集落には道中奉行配下の役人が数名、詰めていた。八助から話を聞かされ、一斉に顔色を変えた。

「馬鹿者ッ！　差し出がましい真似を！」

刑場を見張るために出役してきた役人たちも、怖くて宿屋に引きこもっていたのに、喜左衛門のせいで刑場を検《あらた》めに行かねばならないことになってしまった。

武士の面目に賭けて「怖い」などとは言っていられない。役人たちは嫌々ながら雨に包まれた刑場に乗り込んだ。宿場の者たちまで引っ張りだされて、提灯や龕灯《がんどう》を持たされた。

大人数になったので、そこそこ心強くもなり、一行は八助の案内でゴギミンサマが出たという辺りまでやってきた。

その時、役人の一人がなにかに躓《つまず》いた。

「おい」とその役人は提灯持ちに命じた。

「照らしてみろ」

提灯が向けられると同時に、役人と提灯持ちは同時に悲鳴を上げて腰を抜かした。

なんだなんだと人々が集まってくる。そして提灯や龕灯を向けて、皆で次々に悲鳴を上げた。

彼らが見たものは喜左衛門の死体であった。泥水の中にうつ伏せに倒れている。しかもその死体は、なんと、首から先が無くなっていたのだ。スッパリと頸《けい》部《ぶ》で切断された首無し死体が横たわっていたのである。

「だっ、旦那様の首が……！」

度重なる衝撃と恐怖で、八助は正気を失ってしまったらしい。泥水の中で四つん這《ば》いになって、喜左衛門の首を探し回った。

しかし、首はどこにも見当たらない。翌朝になって日が昇り、大勢の役人と小者たちが駆けつけてきたが、喜左衛門の首だけは、どうしても発見することができなかったのだった。

三

「ということなのだ。どうだ、太夫《たゆう》」

玉御崎藩の藩主、川内美濃守興元《みののかみおきもと》は、ニヤリと意味ありげに笑って菊野《きくの》太夫の顔を覗きこんだ。

「どうだ、との、仰せでありんすか」

どういう意味だろうか、と訝《いぶか》しく思いながらも顔には出さず、菊野太夫はすましかえったまま、応えた。

ここは吉原。その吉原でも最も格式の高い総籬《そうまがき》の大見世のひとつ、河内紅屋《かわちべにや》の座敷である。金屏風を背にして菊野太夫が腰を下ろし、隣の席に川内美濃守が座っていた。

美濃守はそうとうに酔っている。だらしなく背を丸めて、上目づかいに菊野太夫を見上げてきた。

川内家の領地、玉御崎藩を襲った惨劇が美濃守の口から語られたのだ。まだ梅雨入り前だというのに怪談話とは気が早い。こればかりは「初物だ」と有り難がる気にもなれない。

吉原は名にし負う不夜城。座敷には蠟燭《ろうそく》が何本も立てられ、金屏風や銀貼りの襖を反射させていたが、それでもやはり夜は暗い。太夫や遊女が顔面から首筋に掛けてを白粉《おしろい》で塗りたくるのは、それぐらい白く塗っておかないと夜の座敷では顔が見て取れなくなるからなのだ。吉原のもっとも高級な座敷といえども夜見世はそれぐらいに暗かった、という話である。

そんな薄闇の中で川内美濃守が、自領で起こった怪談を語った。しかもこれはすべて、一字一句余さず、本当の話なのだと断りまで入れたのだ。

年若い振袖新造や、まだ幼女の禿《かむろ》などは完全に怯えきってしまっている。菊野も内心、困った客だと感じていないでもなかった。

「恐ろしいお話でありんすなぁ」

「それだけか」

美濃守はますます意味ありげに笑う。

「吉原の頂点に君臨する菊野太夫ともあろうものが、怪談を聞いて怯えているだけでは芸があるまい」

菊野はチラリと横目で美濃守を見た。

「わっちに怨霊の鎮魂でもいたせ、と仰せでありんすか」

ツンと鼻筋を横に向ける。

「御国には徳の高い御上人様も、修行をお積みなされた修験者様も、大勢おいでででございましょうに」

「まぁ、そう冷たく物申すな」

美濃守は少し口調を改めた。吉原に来て、太夫の機嫌を損ねたのでは、とんだ野暮だと悪評を浴びせられる。

「ときに太夫、太夫は南町奉行所の八巻《やまき》という同心とも親しいと聞いたが」

「南町の八巻様」

「うむ。聞くところによれば、昨今目覚ましい出頭人《しゅっとうにん》であるそうな。数々の難事件を解決し、その眼力は〝千里眼〟などとも言われておる。いかなる悪事もけっして見逃しはせぬ、南北町奉行所きっての切れ者だと聞いたぞ」

「江戸の者たちも、そのように噂をいたしているようでありんすなぁ」

菊野太夫はあくまでも素っ気ない。花魁《おいらん》の客あしらいとはそういうものだ。美濃守は菊野の手練手管《てれんてくだ》に乗ってしまったのか、ますますムキになった様子である。

「聞けば、八巻は吉原同心だというではないか」

「それは先月までの話。八巻様は火男《ひょっとこ》ノ金左衛門《きんざえもん》一党をお縄にするために、この吉原に乗り込んでこられたのでありんす。火男の一党を捕縛してしまえば、もう吉原に御用はおありではござんせん」

「吉原同心を首になったか」

「八巻様は江戸の護り札。八百八町の護り本尊でありんすえ。この吉原に囲い込んでおくにはもったいないお役人様でございます」

「なるほどの。菊野太夫がそこまで惚れ込むからにはそうとうの傑物と見た」

「わっちばかりではございません。吉原の女郎衆は皆、八巻様に心底から惚れ込んでおりますえ」

しれっとした顔で言われてしまい、美濃守は少しばかり面白くない顔をした。

「ならば、その八巻に、今の話を聞かせてやってくれぬか」

「八巻様に？」

「うむ。それで八巻がなんと申すか、それを聞きたい。どうじゃ、面白い余興であろうが」

美濃守はそう言って、高笑いをした。

四

「――という次第なのでありんす」

翌日、菊野太夫は三国屋《みくにや》の放蕩《ほうとう》息子の若旦那、卯之吉《うのきち》の座敷に登楼した。菊野は卯之吉と顔を合わすなり、今の話を残らずぶちまけたのだ。

無論、菊野太夫は吉原の花魁。余所《よそ》の座敷で見聞きしたことを口外するような真似は絶対にしない。そんなことをしてしまったら遊女の誇りが損なわれる。しかし今回の場合は、美濃守本人が「八巻に伝えよ」と命じたのだ。だから菊野太夫は卯之吉に、今の話をしたのである。

「はぁ、なんでしょうね。それは」

卯之吉は朱塗りの盃に満たした下り物の銘酒で口を湿らせながら、小首をひねった。その口元にはほんのりと笑みを浮かべている。

江戸一番の札差にして両替商、すなわち江戸一番の豪商である三国屋の若旦那の卯之吉は、江戸三座のお役者にも引けをとらないと評されるほどの美男だ。色白で細面で、目元も鼻筋もすっきりとして涼しげである。男に生まれるより女に生まれた方が良かったのではないかと思わせるほどの優男《やさおとこ》であった。

この三国屋の若旦那が、三国屋の有り余る財力で町奉行所同心の株を買って同心になった。株を買うとは、わかりやすく言えば跡取の身分を金で購入することだ。三国屋の財力を以てすれば、町奉行所の同心株を買うことなど、わけもない話だったのである。

そのお膳立てをしたのは三国屋の主の徳右衛門《とくえもん》。孫可愛さが暴走しての暴挙だ。卯之吉としては、迷惑に感じられないこともない。

とにもかくにも同心になった卯之吉だが、元が放蕩者であるから、吉原での遊興はやめられない。同心に成り上がった事実は厳に伏せて、町人姿で今日も吉原を訪れていた。

座敷に同席しているのは、南町奉行所内与力の沢田彦太郎《さわだひこたろう》。この男は卯之吉を同心にするために陰で動いた男である。内与力は町奉行の官房兼秘書官で、その気になれば同心株ぐらい、右から左へ動かすことができるだけの実力を持っている。さりながら、有体に言えば、三国屋の賄賂《まいない》に籠絡《ろうらく》された、というだけの話でもある。

さらにはいかにも傾き者《かぶもの》ふうの風体の、若い武士が金屛風の前に座っていた。外様の小大名、梅本帯刀《うめもとたてわき》の三男坊、源之丞《げんのじょう》である。

この源之丞、男っ振りと血統は申し分ないが、あくまでも冷や飯食いの厄介者《やっかいもの》で、日々の鬱屈を溜め込んでいる。憂さ晴らしに吉原で豪遊しているのだが、なにぶん小藩の冷や飯食いなので金がない。遊興の払いはすべて卯之吉に持ってもらっているような有り様で、卯之吉にはまったく頭が上がらない。

さらにもう一人、吉原では「朔太郎《さくたろう》さん」の呼び名で知られる遊び人の中年男がいた。

この男の正体は寺社奉行所の大検使、庄田《しょうだ》朔太郎である。寺社奉行所の大検使とは町奉行の与力に相当する重職だ。

大検使としての庄田朔太郎は浅草寺《せんそうじ》を担当している。だが、浅草寺は独立独歩の大寺院であって、大名家にも等しい組織力によって運営されていた。いちいち寺社奉行所が口出しすることなど何もない。それをいいことに庄田朔太郎は吉原で遊興ばかりしている。にもかかわらず寺社奉行所は、それなりに上手い具合に浅草寺を差配しているのであるから、もしかしたらこの遊び人、案外の切れ者なのかも知れなかった。

この三人は卯之吉の正体を知っている。知ってはいるが、何も言わぬのが吉原の粋である。内与力の沢田も商人の身形《みなり》で座敷に座り〝四国屋《しこくや》の主人の彦太郎〟という名目で遊んでいる。庄田はもっと酷《ひど》い。朝帰りや居続けが当たり前の遊び人だ。

源之丞も〝源さん〟などと人に呼ばせて、地回りのヤクザ者たちと肩を組んで練り歩いている。

いちいち身分に拘《こだわ》ったりしないところが吉原の粋。それこそがこの世界の不文律だ。

菊野太夫だけが、卯之吉こそが噂の切れ者同心、八巻卯之吉本人なのだということを知らない。吉原同心として吉原に乗り込んできたのは売れない女形《おやま》の由利《ゆり》之丞《のじょう》で、菊野太夫はこの由利之丞こそが本物の同心八巻なのだと信じていた。美濃守から聞かされた話を卯之吉にしたのは、卯之吉が八巻と昵懇《じっこん》だと勘違いをしていたからだ。

菊野太夫は吉原の外に出られないし、同心として日々、江戸の治安を守っている（はずの）八巻が吉原などに戻ってくるとは思えない。そこで卯之吉に話を聞かせて、八巻に伝えてもらおうと考えたのだ。

「ふぅん。なんだろうね、それは」

卯之吉は、由利之丞に代役を任せたことなど綺麗さっぱり忘れている。同心八巻本人として、思案を巡らせ始めた。

思案を巡らせ始めたのは、同席の三人も一緒であった。最初に沢田が口を開いた。

「お、おぞましい話があったものだ……。南無阿弥陀仏、南無阿弥陀仏」

青い顔をして身を震わせて、念仏を唱え始めた。これには他の三人が呆れ顔をした。

「待ちなよ、彦太郎さんよ」

きつい口調で言ったのは源之丞だ。この若君は気が短い。

「この話、聞かされたままに受け取るのは剣呑《けんのん》だ。眉唾《まゆつば》モンだぜ」

朔太郎も、衿のはだけた胸元を指でポリポリと掻《か》きながら頷いた。

「こんな話をわざわざ同心の八巻サマに聞かせてェっていう、大名の腹の内を読まなくちゃならねぇだろうな」

卯之吉は朔太郎を見た。

「やっぱり、これには別の真相がある、その謎を解いてみろ――という謎掛けなんでございましょうかねぇ？」

「そうだろうな。この世の中には怪力乱神だの、怨霊なんてものはありはしねぇよ」

「言い切りますね」

「まぁ、な……。皆まで言わせるなぃ」

朔太郎は寺社奉行所の重職であるから、神社仏閣とは縁が深い。役目がら寺や墓地などを見廻り、僧侶や、時には拝み屋などとも関わっている。それらの役目を果たす内に、「この世には神も仏も幽霊もいない」と確信を持つに至ったのかも知れない。

「外を見てみろぃ」

朔太郎は顎をクイッと窓の方にしゃくった。

「この吉原には大寺院の上人様が、医者や俳諧師なんぞに扮装して通っていやがらぁな。あんな罰当たりな坊主どもに拝まれた日にゃあ、どうでも成仏叶《かな》うめぇ。化けて出てこなくちゃ嘘ってもんよ」

「それが化けて出てこないから、幽霊はいないってわけかえ」

朔太郎は「フン」と鼻を鳴らした。

「江戸にゃあ年に何度か、幽霊騒動が持ちあがらァな。オイラはそれが役目だから、嫌々乗り出すこともある。しかしまぁ、大方は酔狂者の悪戯だぜ。それどころか、無住の寺に忍び込んだ若ぇ《わけ》二人が、お繁りをしてただけだった、なんていう間抜けな話もある。そんなところに乗り込んで、龕灯提灯を突きつける役人の身になってみろってんだ。こっちの顔が赤面しちまうぜ。……とまぁ、そんな塩配でな、こちとら本物のユウ様になんざ、一度もお目にかかれた試しがねぇんだ」

　そこへ源之丞が割って入った。

「幽霊がいるかいないかは別にして、この話はちっとばかし妙だぜ」

　卯之吉は小首を傾《かし》げながら源之丞に目を向けた。

「どこがですかぇ？」

「幽霊ってもんは、武芸者を投げ飛ばしたり、庄屋の首級を揚げたりできるものなのかぇ？　おう、彦さん、お前《め》ぇならどう謎を解くよ？」

　唐突に話を振られて、沢田彦太郎は目を白黒とさせた。

「古来、悪霊が祟った相手の首をねじ切ったりする話は、いくつも耳にしているが……」

「馬鹿を言え。そりゃあ人形浄瑠璃《じようるり》の仕掛けじゃねぇか。人形の首をポンと飛ばせば見ている客が身震いをする。話を派手にするために、そんな場面を入れてるだけだ。人形芝居と実事譚を一緒にしちゃあいけねぇぜ」

　源之丞は内心、（お前ぇは町奉行所の役人じゃねぇか、人の死体が出てきたってぇのに〝怨霊の仕業〟で片づけてどうする）と、言いたかったのだが、沢田は吉原では四国屋の旦那で通っている。身分を明かして詰《なじ》ったりはできない。

仕方なく、卯之吉に訊ねた。

「卯之さんはどう思うよ」

「そうですねぇ」

卯之吉は気のない返事をして、やおら考えてから、一見、関係のなさそうなことを言った。

「喜左衛門さんの首は、どうなってしまったんでしょうねぇ」

菊野太夫に目を向ける。

「お殿様はなんと仰《おっしゃ》ってました？」

「あい。いまだに見つかってはいない、と仰っておいでありんしたえ」

吉原の太夫ともなると、ただ外見が美しいだけでは勤まらない。客の言葉の一言一句を記憶できるぐらいの知能がないといけない。

卯之吉は首をひねった。

「首なんか持ち去って、その幽霊様方は、どうなさるおつもりなのですかね」

「おいおい」

源之丞が呆れ顔をした。

「首級を取る理由など知れておろう。我が身の手柄の証《あかし》とするためだ」

「はぁ、すると、その幽霊様方には、ご主君のような御方がいらっしゃって、その喜左衛門さんの首をご披露なさると、ご主君様からのお褒めに与《あずか》ることができる、ということなんでしょうか」

「む……」

源之丞は呻《うめ》いた。

「それは妙な話だな」

朔太郎が酒杯を呷《あお》りながら口を挟んできた。

「そのゴギミンサマってのは生前は百姓だったんだろ？　百姓が首を取る、というのは、いかにも似合わねぇな」

源之丞も頷く。

「うむ。武者の亡霊でもあれば、憎き仇の子孫の首を揚げ、主君の霊に検分していただく、というようなことは、ないとも限らぬが……」

卯之吉も真面目な顔で首をひねった。

「人間ってのは、幽霊になると、そんなに強くなるものなんですかね」

その言に沢田が反応した。だいぶ酒が進んでいて、口が軽くなっている。

「当たり前じゃ。死霊は何代にもわたって祟るぞ。生前はか弱き女人が、死後は武士を祟り殺したりもする」

素面《しらふ》の時には重々しげな物腰を崩さぬ沢田だが、ひとたび酔うと途端に、軽薄な本性を丸出しにさせる。

他の者たちは沢田を無視して続けた。

卯之吉がさらに疑問を口にした。

「その、武芸自慢のお侍さんだって、御家中でそれと知られた剣術達者でいらっしゃったのでしょう？　そんな御方を、投げとばしたりできるものなのですか」

源之丞と朔太郎は顔を見合わせた。

卯之吉は続けた。

「そんなことができそうなのは、柔の先生や、相撲取りぐらいですよね」

「アッ」と源之丞が叫んだ。

「つまり卯之さんは、その時一緒にいた田舎大関が若侍を投げ飛ばしたのだ、と言いたいのかい」

「えっ」

そこまではまったく考えていなかった。何気なく口にした言葉に鋭く反応されて、卯之吉本人がびっくりしている。

朔太郎も腕組みをして「ウンウン」と頷いた。

「その夜は月も沈み、漆黒の闇だったという話だからな。ゴギミンサマに気を取られていた武芸者には、相撲取りの姿は目に入らなかったのかもしれねぇな」

源之丞が身を乗り出した。

「おう。なんと言っても五人の亡霊は磔柱に縛りつけられていたんだ。投げ飛ばしたくとも手は出せねぇ」

朔太郎は眉間に少し、皺を寄せた。

「しかし、田舎大関めは、なにゆえ、そのような真似を……」

沢田が酒臭い息を吐きながらくちばしを入れてくる。

「怨霊に乗り移られていたのではないかな」

一同は再び沢田を無視した。

卯之吉は話を戻した。

「その武芸者様は、首は取られずにすんだわけですよね。なのに庄屋の喜左衛門さんは首を取られた。それはいったいなぜなんでしょう」

源之丞が眉根を寄せる。

「庄屋の首よりは、武士の首の方が、武勇の証とはなるであろうな……」

朔太郎が後を受けた。

「やはり、喜左衛門は殺されるべくして、殺されたということか」

源之丞は鋭い眼差しを朔太郎に向けた。

「つまり、最初から喜左衛門をおびき出すための大がかりな芝居だった、ということか。義民の幽霊に化けた者たちが義民の縁者だったとしたら、川内家の武士にはなんの恨みもない。憎き仇は庄屋の喜左衛門であろうから、喜左衛門の首だけを取った理由にもなる」

朔太郎も頷いた。

「喜左衛門殺しの罪科を、怨霊騒動に紛れさせて有耶無耶《うやむや》にしようという策だったのではないかな?」

「きっとそうに違《ちげ》ぇねぇ。殺したのは怨霊だ、ということになれば、実際に手を下した下手人に対する役人どもの追及はない。怨霊に罪をなすりつけて、自分はのうのうと今の暮らしを続けてゆける、などと考えたのに相違あるまい」

自分の推理に満足し、源之丞は「ウム」と大きく頷いた。

しかし卯之吉はちょっと唇を尖《とが》らせながら、首を傾げた。

「それなら、どうして首まで奪わなくちゃならなかったんでしょうね」

話が元に戻った。

源之丞は「むっ」と唸って、しばらく思案を巡らせてから、答えた。

「それは、だな……。左様、藩領の者どもにより大きな恐怖を植えつけて〝怨霊の仕業である〟という噂に信憑性《しんぴょう》を持たせようという策だったのに違いないぞ」

「はぁ」

卯之吉は真面目な顔で訊《き》いた。

「人ひとりの首ってのは、闇の中でもスッパリと、切り落とせるようなものなのですかね」

「そんなことは……」

源之丞は困り顔で朔太郎を見た。朔太郎にも答えられない。朔太郎は言った。

「その問いには、公儀首斬り役人の山田浅右衛門《やまだあさえもん》ぐらいにしか答えられまいよ」

山田浅右衛門は死罪になった極悪人の首を刎《は》ねるのが役目で、小伝馬町《こでんまちょう》の牢屋敷に勤務している。

卯之吉は頷いた。

「そうでしょう。今の世の中、人様の首を切り落とし慣れている御方なんて、そうそういやしません」

続けてとんでもないことを言い出した。

「蘭方医の修業時代に、腑分けに立ち会ったんですがね。首の断面を見るために首を切り落としてもらったのですが、人の首の筋ってのは存外硬くて、切り落とすのにずいぶんと難儀なさっておいでしたよ」

一同は「うげっ」と息を飲んだ。卯之吉は素知らぬ顔で美酒の盃を呷っている。

「ですからね、闇の中で、そんなに簡単に喜左衛門さんの首が切り落とせたとは、あたしには思えないんですよ。手代の八助さんが近くの集落に助けを求めに走って、戻ってきた時にはもう、ゴギミンサマは一仕事終えて、喜左衛門さんの首を抱えて逃げ去っていたのでしょう? そんな手際のよいことが、人の首を切り慣れていないお人たちにできたのでしょうかね?」

源之丞は濃い眉毛を困惑げに歪《ゆが》めた。ちなみに沢田彦太郎はとっくに酔い潰れて大いびきをかいている。

「卯之さんは、どう考えているんだえ」

「あたしには、そんなことができたとは思えない。蘭方医の名に賭けて、人体の頸《くび》をそんなに手早く切り落とすことは、素人には絶対にできない、と言い切れます」

お前は蘭方医ではなくて町奉行所の同心だろう、と源之丞は思ったのだけれども黙っていた。

「ならば、どうしてそこに首無しの喜左衛門が転がっていたのだ」

「はい。その首無し死体は、最初から、そこに用意されていたのではなかったのではないかと思うんですがね」

「えっ」

一同が息を飲んだ。

卯之吉は何故か、口元にほんのりと笑みを含ませながら言った。

「ほら、思い出しておくれなさいましよ。喜左衛門さんと八助さんが刑場に着いた頃、雨が降ってきた――というお話でしたね」

源之丞と朔太郎が菊野太夫に目を向ける。菊野は黙って頷いた。

卯之吉は続けた。

「気を利かせた八助さんは、ご自分が着ていた蓑を脱いで、喜左衛門さんに着せ掛けようとした。主人の身を案じるのは当然のことでしょう。しかし、喜左衛門さんは、その蓑を手荒く振り払って、けっして着ようとはしなかった。濡れ鼠でゴギンサマが出てくるのを待ったのです」

源之丞が腕組みをしながら唸った。

「喜左衛門が正気を失っていたからだと思って聞いていたが、そうではなくて、実は、蓑を着てはならない理由があったということか」

「おそらく、その時すでに刑場には、喜左衛門と体格のよく似たお人の死体に、喜左衛門さんがそのとき着ていたのと同じ着物を着せて、転がしてあったのでしょうね」

「わざわざ首を切り取ったのは、死体の人別をわからなくさせるためか！」

卯之吉はしれっとした顔で受けた。

「他にどんな理由が考えられます？」

源之丞は「むっ」と唸った。

源之丞は武士である。武士には武士の常識があり、首級を打たれたと聞かされれば『武威と誉れを証明するため』だと反射的に考えてしまう。それしかあり得ないと無意識にも思い込んでしまうのだ。

しかし、町人の、それも桁外れの変人である卯之吉には〝武士の常識〟はまったく通用しない。首を切り落としたのは死体の身元をわからなくさせるためだと最初から考えていた様子であった。

「下手人は庄屋の喜左衛門さんですね。代々続いた庄屋様ならそれなりの財力も蓄えておいででしょう。ゴギミンサマの騒動を起こすことなどわけもないでしょうからね。田舎大関さんも、義理で縛られたか、金で請け負ったか、この騒ぎの大本《おおもと》を作ることに協力させられたのです。ま、そんなところでしょうね」

源之丞と朔太郎は、唖然呆然としている。

源之丞は急いで気を取り直して、言った。

「しかし、なにゆえ庄屋がそのような騒動を起こさねばならんのだ？　しかも庄屋は己の策が成就した日には、この世から消えてなくならなければならないのだぞ」

「ウーン、ですから、それこそが庄屋の喜左衛門さんの目論見《もくろみ》だったのではないですかね。どういう理由でご自分の存在をこの世から消してしまわなければならなかったのか、それは今のお話だけでは分かりません。でも、このお話が幽霊の仕返しではないとするなら、喜左衛門さんの狂言だと考えるより他にないんですよ」

朔太郎は大きく頷いた。

「確かに、卯之さんの言う通りだな」

源之丞は、まだなにか言い足りない様子であったが、何も言い返せないものと見えて、憤然と胡座《あぐら》をかき直した。

「アレ、わっちはたいそう困りゃんした」

唐突に菊野太夫が声を上げげた。

「どうしたえ？」

「八巻様にお聞かせするより早く、このお座敷で謎解きをされてしまいましたわえ。川内のお殿様と、南町の八巻様に、なんとお詫びをしたらよいものやら」

「はは、そんなことかえ」

卯之吉はほんのりと微笑した。

五

卯之吉は「八巻様にはあたしのほうから同じ話を聞かせるから」と請け合った。数日後、吉原に戻ってきて、「八巻様は同じように謎を解いた」と告げた。

嘘はついていない。同心の八巻は卯之吉だ。

そしてさらに二日後、玉御崎藩主、川内美濃守が吉原にやってきて、菊野太夫を座敷に呼んだ。

「どうであったか、八巻の返答は」

座敷に腰を落ち着けるなり、美濃守は息せき切って、菊野太夫に問い質《ただ》した。

菊野は卯之吉が解いた謎を「南町の八巻様の言伝《ことづて》」として語って聞かせた。

途端に美濃守の顔つきが変わった。「うーむ」と唸って、黙り込んでしまった。

「……南町の八巻とやら、聞きしに勝る傑物のようじゃな。この江戸にあって、よくぞ我が領内の騒擾《そうじょう》を解き明かしおったわ」

感動したのか、畏怖《いふ》しているのか、ブルブルと身震いまで走らせている。

「では、それで宜《よろ》しかったのでありんすかぇ」

「ウム！　見事じゃ！　じつに見事！　我が藩の役人どもが領内を走り回って、主立った者どもより口書きを取って、ようやく判明いたした真相。それを江戸にいながら読み解くとは」

美濃守は扇子で自分の膝を打った。

「まさに千里眼！　さすがに江戸は武士《もののふ》の都よ！　奇想天外な人士が揃っておる！……ウウム。会ってみたい。余は八巻に会ってみとぅなったわ！」

「それなら、お屋敷にお呼びなさったらいかがでありんすか」

「八巻様は、ご老中の出雲守《いずものかみ》様のお屋敷や、丸山《まるやま》様の江戸上屋敷にもお出入りを許されていらっしゃる御方でありんす。川内のお殿様がお屋敷にお呼びなさっても、なんの障りもありりゃしませぬわえ」

「余の屋敷へか！」

「なるほど！　左様か。ならば早速、明日にでも使いに書状を持たせて出すといたそうか。はは、愉快じゃ！　太夫、今宵は夜っぴて飲み明かそうぞ！」

玉御崎藩は小藩にしては物成りが良く、財政が豊かだ。美濃守は懐から巨大な巾着《きんちゃく》を出して手を突っ込むと、四分金や銀の小粒などを座敷にばらまいた。

遊女や芸人たちが喚声を上げて飛びついていく。小判を撒《ま》いてしまう卯之吉には遠く及ばぬものの、座敷は華やかで景気の良い雰囲気に包まれた。

翌朝、南町奉行所に出仕しようとしつつも、いつものようにグズグズしていた卯之吉のところへ、川内家からの使者が乗り込んできた。

「ここだな……」

川内家の使いは、小者などではなく歴とした武士、禄高五十石の勤番侍であった。徳川家の御家人で五十石の者は最下級の極貧侍であったが、なにしろ玉御崎藩川内家は七万石の小大名だ。五十石の身分はかなり重い。

使者は中間と小者を一人ずつ従えて、卯之吉の屋敷に乗り込んできた。そして堂々と高らかに名乗りを上げた。

「川内家家臣、梁川幸蔵《やながわこうぞう》と申す。南町奉行所同心、八巻卯之吉殿にお目にかかりたく推参いたした。頼もう！」

いかにも田舎大名の家来らしい、仰々しく武張った物言いをした。

「はーいー」と奥から声がして、八巻家の者が現われた。ちなみに同心の屋敷に玄関はない。玄関は駕籠《かご》を乗り降りするための設備で、駕籠に乗ることの許されない身分の者の家屋敷には必要ないのだ。

奥から出てきて上がり框《かまち》に膝を揃えた者の姿を見て、梁川は柄にもなく、胸の鼓動を高ぶらせた。

（な……、何者だ、この者は……）

ほっそりとした体つきを桔梗《ききよう》色の小袖と褐色の袴《はかま》で包んでいる。前髪を生やし、元服前の若侍のような姿なのだが、なんとも艶《なまめ》かしく見える。

（な、なにゆえ、小姓などが同心の家におるのだ……！）

梁川が驚いてしまったのも無理はない。南北の江戸町奉行所の同心は、町人たちからは町方の旦那様と崇《あが》め奉られているが、実は、正式には武士の身分ではない。戦国時代でいえば足軽に相当する下賤《げせん》な身分だ。

同心に仕える小者は、岡っ引きなどとも呼ばれるが、この連中はヤクザ者崩れの鼻つまみ者だったりする。旦那である同心の身分が低いから、そのような人品下劣な連中しか雇うことができない、という理由もあったのだ。

その足軽身分の者の屋敷に、武士が家来として仕えている――ように梁川の目には見える。これはどう考えてもおかしな話だ。

しかもこの若侍がなんとも可憐《かれん》で美しい。国持大名の小姓でさえ、これほど美しい者は滅多にいないであろう。梁川には衆道の気はないけれども、若侍にまっすぐに見つめられて、思わず背筋をゾクッとさせてしまった。

「てっ、手前――」

急に冷や汗など滲《にじ》ませはじめた梁川は、声をひっくり返して名乗りを上げた。

「手前は、川内家家中、梁川幸蔵と申す」

すでに名乗りは上げたはずだが、とりあえず、名乗った。それから若侍におそるおそる、訊ねた。

「ご、御貴殿は……？」

若侍は背筋を伸ばして、堂々と名乗った。

「溝口美鈴《みぞぐちみすず》と申します」

梁川は（ミスズとはどういう字を充てるのだろうか）と考えた。美鈴が実は女人だなどとはおもってもみない。

その美鈴が、キッと鋭い眼光を向けてきた。

「当家の主との立ち合いをご所望か」

「えっ？」

梁川には、どうして突然そういう話になるのかさっぱりわからない。目を丸くして美鈴を見つめた。

「それは、いかなる……」

「立ち合いをご所望なら、まずは弟子である拙者がお受けいたす！　拙者に勝てた御方だけ、当家の主と立ち合っていただきます」

梁川は一瞬、呆然と口など開けてしまったのだが、すぐに、八巻の噂を思い出した。

（同心の八巻は江戸でもそれと知られた剣客だと聞く……。おそらくこの屋敷には、立ち合いを所望する武芸者たちが大勢押しかけてきているのであろう）

梁川は、ようやく納得した。

武芸に限らず芸の世界では、身分よりも芸の上手下手が優先される。例えば将軍にしてからが、家臣である柳生《やぎゅう》家に剣を習っている。稽古の際には柳生家の者たちを上座に置いて、自分は弟子として遜《へりくだ》った場所に立たねばならない。

この若侍は、剣客同心の八巻を師として仰いでいるのであろう。武士でありながら八巻の家来のように振る舞っている理由が、ようやく理解できた。

と、これらはすべて誤解なのだが、当時の武家社会の常識に照らし合わせて考えれば、そのように解釈するしかなかったのである。

若侍はズイッと膝を滑らせてきた。

「いざ、お立ち合いを。得物《えもの》は刀か。槍や薙刀《なぎなた》でもお受けいたす！」

美貌に似合わぬ喧嘩っ早さに梁川は辟易《へきえき》としてきた。

「いや、拙者は八巻殿に一手の御指南を所望しに参ったのではござらぬ」

〝一手の御指南を所望〟とは、相手を立てての遜った物言いで、決闘を申し入れる際の常套句《じょうとうく》だ。ようするに、そういうことをしに来たのではないのだと梁川は告げた。

「これは、玉御崎藩主からの書状にござる。八巻殿に御披見いただきたい」

懐から書状の包みを出して、若侍に差し出した。

「あっ」

若侍は満面に血を昇らせた。

「と、とんだ早合点を……。イヤだ、あたしったら」

ブツブツと呟《つぶや》きながら恥じらっている。その顔つきがまた、とんでもなく愛らしい。おもわず梁川のほうまで、頬をポッと赤らめてしまったほどだ。

「し、暫《しば》し、お待ちくだされませ！」

若侍は書状を受け取ると、スックと立ち上がり、梁川に一礼してから踵《きびす》を返して、屋敷の奥へと戻っていった。

その姿を見て梁川は、（これは……！）と感じ入った。

梁川も玉御崎藩の国許で剣を学んだ者だ。田舎剣術の道場ではあったが、それなりの腕に達していると自負している。

剣を学んだ者だけが、相手の力量や凄《すご》みを看破することができる。梁川の目から見た若侍の立ち居振る舞いには、一点の隙もなく、全身に気合と神経が張りめぐらされていた。

（あの者と立ち合えば……、俺は必ず負ける……！）

戦慄《せんりつ》とともに覚《さと》った。同時に、あのような天才肌の若侍に傾倒されている八巻とは、どれほどの凄まじい実力を秘めた剣豪なのであろうか、と考えて、総身に震えを走らせた。

ところが――

「川内様のお使いのお侍様ってのは、あなた様でございますかえ」

甲高くて細い声を伸ばしながら奥から出てきた同心を見て、梁川は、ますます取り乱してしまった。

細面のうりざね顔で、眉も薄く、眼光にも力がなく、鼻筋は細く、口元にはほんのりと微笑を浮かべている。玉御崎藩にもドサ回りの旅役者がやってくるが、そんな三流役者などより遥かに美しい優男だ。

黒の紋付を巻羽織にしている。その姿から察するに、確かに同心なのであろう。しかし、江戸の町人地を支配する役人にはまったく見えない。当然のことながら剣豪には絶対に見えない。

同心の八巻は框にピョコンと両膝を揃えて座った。その立ち居振る舞いからも剣客らしい凄みはまったく感じられない。ナヨナヨとして頼りない足取りは隙だらけだ。

困惑した梁川は、若侍にチラリと視線を向けた。若侍は八巻の斜め後ろに挙措《きょそ》正しく座っている。

（やはり、この男が八巻なのか……）

そう考えるより他にない。

確かに、武芸も名人達人の域に達すれば、無闇矢鱈《やたら》に殺気など放ったりはしない。老師と呼ばれるような達人は、穏やかな好々爺《こうこうや》に見える。

剣客同士で向き合えば、おおよそ互いの実力は知れる。読み取ることができる。しかし韜晦《とうかい》しきった達人の実力を読み取ることは難しい。竹刀や木剣で打ち合ってみて、初めて、相手の底知れない強さを思い知らされることになる。

（つまり、八巻はすでにして、その域にまで達している、ということか……）

この若さで、あり得ない、とも思うのだがしかし、八巻の武名は昨今、雷鳴の如くに轟《とどろ》きわたっている。それほどまでに高名な剣豪なのだ。あるいは、不世出の天才なのかも知れない、と梁川は考えた。

（この男と立ち合ったら……）

きっと、何をどうされたのかも分からぬ内に、昏倒《こんとう》させられてしまうのに違いなかった。

八巻が薄笑いを向けてくる。梁川はこちらの心底を覗きこまれているかのような気がして怖かった。

「やっ、八巻先生には、初めて御意を得ます！」

無意識にそんな挨拶をしてしまった。

すると八巻は平然と答えた。

「おや、あなたもあたしを先生とお呼びなさいますかぇ。それは困った。先生と呼ばれて、良い事があったためしがない」

梁川のいう先生は、剣術の先生。卯之吉のいう先生は蘭方医の先生のことなのだが、とにもかくにも梁川は（やはり八巻は先生と呼ばれ慣れているのだな）と納得した。

「ご謙遜《けんそん》くださいますな。八巻先生の御芳名は、拙者の如き田舎者の耳にも届いておりまするぞ」

「いやぁ、それは困った。あたしはそんな立派な者ではございませんよ」

と言いつつ、懐から藩主からの書状を出した。

「確かに、拝読いたしました。それで、あたしは、川内様の上屋敷に赴けばよろしいのですかえ？」

「ハッ、ご面倒ながら、足をお運びくだされば、主の美濃守も喜びまする！」

「お殿様がねぇ……」

卯之吉はチラリと考えた。

（お大名の川内様も、手元不如意でいらっしゃるのかねぇ）

卯之吉の意識は未だに、札差で両替商の三国屋の若旦那のままだ。大名が札差や両替商を屋敷に呼ぶ理由は、借金を申し込むこと以外に考えられない。

（お殿様が直々に、あたしのような町人に頭を下げようというのかねぇ。それはよっぽどお金にお困りなのに違いないねぇ）

自分に何ができるのかはわからないが、とりあえず、話ぐらいは聞いておくか、などと考えた。

江戸一番の豪商で、大名貸し（大名相手の高利貸し）も手広く商っていた三国屋の許には、大名家の江戸家老や、勘定奉行などがひっきりなしに訪問してくる。しかし、海千山千の徳右衛門から金を引き出すのは難しい。窮余の策で彼らは、徳右衛門がいちばん可愛がっている孫の卯之吉に、玩具を持参したり、お菓子をくれたりして、ご機嫌を伺ったりしていたのだ。

そういう環境で育ったので卯之吉は、大名の家老などはまったく恐れない。畏《おそ》れ入ったりしないのだ。

そうとは知らない梁川は、大名屋敷から呼び出しを受けてもまったく動じず、それどころか余裕まで見せている八巻を見て、（これはよほどの大人物に違いあるまい）と勘違いした。

「わかりました。伺いましょう」

と卯之吉に返事をされ、おもわず「ハハーッ」と土下座しそうになってしまったほどであった。

かくして卯之吉は、玉御崎藩川内家の屋敷を訪れることになったのである。

第二章　蕩尽《とうじん》大名

一

玉御崎藩の江戸上屋敷は本郷の中山道《なかせんどう》沿いにあった。

本郷の大名屋敷といえば、加賀前田《かがまえだ》百万石の上屋敷が有名だ。というより、前田家の屋敷ばかりが目立っていて、その他、有象無象《うぞうむぞう》の小大名の屋敷は風景に埋没してしまっている。

おまけに本郷は江戸の外れだ。かねやすという屋号の小間物屋があるのだが、かねやすまでは、瓦屋根に白壁の土蔵造りの商家が建ち並んでいる。しかしかねやすの前を過ぎれば、途端に道々の家屋も百姓家造りの藁葺《わらぶ》きとなり、途切れた町並みの向こうには田園が広がっていた。

玉御崎藩の上屋敷は、そういう寂れた場所にある。

日が落ちればますます寂しい。屋敷の回りには人家もまばらで、遠くに百姓家があるばかり。しかも農民は朝が早いから夜にはすぐに灯《ひ》を落とす。月がなければ真の闇となる。目を開けていても何も見えない。


大名の上屋敷には、大名とその家族が住まう御殿の他にも、家臣たちの屋敷が置かれている。敷地の中を塀によって区切り、門を作り、家臣たちの屋敷を建てているのだ。当然、道も作られている。広大な大名屋敷はそれ自体がひとつの町だといっても良かった。

だが、屋敷のひとつを構えることが許される家臣は、家中でも相当の高禄、例えば江戸家老や番頭《ばんがしら》、奉行に相当する者に限られていた。微禄の藩士は長屋に押し込められている。

川内家には二人の家老がいて、一人が国許の治政を担当し、一人が江戸表で幕府相手の折衝や、他の大名との交渉、交遊に当たっていた。

江戸家老、上田萬太夫《うえだまんだゆう》の屋敷の門を密かにくぐって、深夜、訪《おとな》いを入れた者がいた。

「薄田半次郎《すすきだはんじろう》様、お越しにございまする」

障子戸の向こうで家来の声がした。家老の上田萬太夫は文机《ふづくえ》に向かって書状をしたためていたが、筆を置いて顔を上げた。

上田萬太夫はこの年数えで四十六。丸顔で太っていて、頬がふくよかに垂れている。なにやら狸を思わせる顔つきであるが、しかし、川内家七万石の家政を預かる実力者だ。滑稽にもみえる顔つきは、その本心を隠す仮面でもあった。

萬太夫は障子の向こうに声を放った。

「この座敷へ通すが良い」

「ハッ」と答えて下がろうとした家来を、萬太夫が呼び止めた。

「盛本右馬之介《もりもとうめのすけ》は来ておるか」

「ハッ、三ノ座敷にてお待ちにございまする」

「盛本も同席させよ」

萬太夫は書状と筆をしまった。硯《すずり》箱の蓋を閉めて脇に寄せる。座敷の上座の真ん中に座り直して薄田と盛本を待った。

薄田はすぐにやってきた。萬太夫の正面に開けられた襖の向こうの暗がりに膝を揃えて平伏した。

「夜分にもかかわらず突然の推参、なにとぞ御容赦願い奉りまする」

「かまわぬ。そこでは暗い。近《ちこ》ぅ寄れ」

薄田は恐縮の態度を装いながら敷居を越えて座敷に入ってきた。座敷に立てられた燭台の炎に照らされて、ようやく、薄田の顔つきが見えるようになった。陰気な顔つきの痩せた男だ。頬が削げたように窪んでいる。蠟燭《ろうそく》の炎に顔の片側だけを照らされ、彫りの深い顔だちに黒々とした陰影ができていた。

さらには盛本右馬之介も入ってきた。こちらは筋骨隆々とした大兵《だいひょう》肥満。眉が濃く、目つきは鋭く、太い団子鼻の下で分厚い唇を引き結んでいる。髭の剃り跡が顎からもみあげにかけて青々と残っていた。

萬太夫は右馬之介が座敷の隅に腰を下ろすのを待ってから、薄田に訊ねた。

「して、何事が出来《しゅったい》いたしたのか」

薄田は「ハッ」と平伏してから、言上した。

「いささか、想定外の事態となり申しました。つきまして、御家老様のご所存を賜りたいと……」

「だから、何が起こったのかと聞いておる」

薄田は面を伏せたまま、肩の辺りを震わせた。それを見て、萬太夫は表情を曇らせた。

「それほどまでに、悪い報《しら》せか」

「はっ。も、申し上げます。殿は、江戸南町奉行所の同心、八巻卯之吉と申す者を、上屋敷御殿にて引見なされる由にございまする」

萬太夫は、薄田が何を言っているのかわからず、狸に似た目つきをキョトンとさせた。

「南町の同心？　それがなんだと申すのだ」

その時、盛本右馬之介が「あっ」と一声、張り上げた。

「南町の八巻と申すは、あの、人斬り同心の八巻のことかッ」

家老の前で断りもなく声を上げ、家老に報告中の薄田に横から声をかけるなど、およそあってはならない非礼なのだが、つまりはそれほどまでに右馬之介は動揺していた、ということである。

それでもまだ萬太夫は、わけがわからない、という顔をした。

「人斬り同心だと？　町奉行所の同心が人を斬るのか？」

盛本右馬之介は膝も太腿も太い正座の下肢を、ズイッと萬太夫のほうに向けた。ついで眉を引き締めた。

「御家老様は、国許より江戸に着任なさってまだ日も浅《あそ》うございますので、お聞き及びではございますまいが――」

と前置きしてから、南町奉行所に彗星《すいせい》のごとく現われた豪腕同心、八巻の活躍の数々を語って聞かせた。

「なんと！　そのような切れ者か」

「いかにも。江戸市中の無頼ども、八巻の影にすっかり怯《おび》えて、息をひそめておるとのこと」

萬太夫は「ううむ」と考え込んだ。

「……しかし、いかに評判の名物男とは言え、同心は同心。なにゆえ殿は、そのような者をお近づけになるのか」

「そこでございます」と今度は薄田半次郎が身を乗り出してきた。

「殿は、我らの策謀に、お気づきになられたのではないかと……」

「まさか」

「しかし御家老！　それ以外に殿が、剣客同心の八巻をお近づけになる理由がございませぬぞ！」

萬太夫には、まだ、配下の二人の狼狽《ろうばい》ぶりの理由が、いまいち得心できていない。呆《あき》れ顔で言った。

「たかが江戸の町奉行所の同心ではないか。そのほうらも知っての通り、町奉行所の者どもは、我ら武士の内情に立ち入ることは許されておらぬ。多少剣の腕が立つからといって、なにをそんなに恐れることがあろうか」

「御家老！」薄田が目を血走らせて、膝を前に滑らせた。

「その八巻なる同心、ただの町方役人などではございませぬ！　ご老中、本多《ほんだ》出雲守様ともご昵懇《じっこん》と聞き及びまする！」

萬太夫の顔つきが変わった。狸顔から血の気が引いた。

「ご老中の本多出雲守様だと！」

外様大名の死命を握っているのは大公儀（江戸幕府）の老中だ。老中の機嫌を損ねたりしたら、七万石の外様大名など、たちまちのうちに立ち行かなくなってしまう。

「なっ、なにゆえ、同心風情がご老中様と……」

座敷の隅に控えていた盛本右馬之介が、野太い声で呟《つぶや》いた。

「八巻は江戸でも五指に数えられるほどの剣豪……。それほどの名人であれば、ご老中様の御前に呼ばれて、剣の業前《わざまえ》を披露することもございましょう」

盛本右馬之介は、その大兵肥満、相撲取りのような巨体から察せられるように、川内家随一の武芸者であった。花のお江戸で武名を轟《とどろ》かせ、老中とも親しく剣談を交わす八巻が妬《ねた》ましくてならない。――そういう顔つきをしている。

薄田半次郎が続けた。

「そのうえ八巻は、捕り物で恩を売った、札差の三国屋をも、後ろ楯といたしておりまする！」

「みっ、三国屋だとォ！」

萬太夫は三国屋の名の方に、よりいっそう恐怖した。

「三国屋には、多くの大名家が借財をいたしておる。三国屋の徳右衛門には頭が上がらぬのじゃ。その徳右衛門に依願されれば、大名家といえども『否』とは言えぬ」

幸いにして国情の豊かな玉御崎藩は、三国屋の毒牙にかからずには済んでいたが、近隣の大名たちは皆、三国屋に弱みを握られている。もしも八巻が三国屋を動かし、三国屋が大名家を動かしたりしたら、大変なことになるだろう。

萬太夫はようやく、事態の深刻さを理解した。

「その同心の力に、我が殿はすがろうとなさっておられるのか」

萬太夫は舌打ちした。

「……漏れたか」

薄田は青黒い顔で頷いた。

「おそらくは。そう考えるより他にございませぬ。殿は御身に迫る危機にお気づきになり、八巻を盾となさろうとしているとしか思えませぬ」

「い、いかにする……」

萬太夫は視線を泳がせた後で、盛本右馬之介に目を向けた。

「八巻とやらを、闇討ちにはできぬか」

右馬之介は即座に、渋い表情で首を横に振った。

「江戸で五指に数えられるほどの剣豪にございまするぞ。十人や二十人の刺客で襲ったところで、一人残らず返り討ちにされるのが関の山」

「ならば、いかにする！」

薄田が、満面冷や汗まみれで答えた。

「まずは相手の出方を窺《うかが》うのが上策か、と心得まする」

「むぅ」

右馬之介も同意した。

「殿も、我らの策に残らず気づいておられるとは思えませぬ。ここで焦って、余計な手段を巡らせるのは下策。こちらの手の内をみすみす明かすようなもの」

「うむ」

「ここはじっくりと構えて、隙を見せぬように計らわれるが上策かと、この右馬之介は考えまする」

「うむ。武略の駆け引きは武芸者にこそある。ここはそなたらの言に従うのが良いようじゃ」

「畏《おそ》れ入りまする」と、薄田半次郎と盛本右馬之介は平伏した。

萬太夫は訊いた。

「して、その八巻とやら、いったいいつ、この上屋敷を訪うのだ」

薄田が答えた。

「ハッ、明日《みようにち》にございまする」

「な、なんと……、明日だと！」

あまりに急な話なので、さしもの萬太夫も、裏返った奇声を上げてしまった。

二

翌朝、いつものように頼りない足取りで、腰をクネクネとさせながら、卯之吉が通りを歩いてきた。卯之吉本人にすれば、普通に歩いているつもりなのだが腰には刀が差さっている。卯之吉は町人育ちだから帯刀して歩くことには慣れていない。おまけに足腰がひ弱だから、どうしても、刀の重さに腰が振り回されてしまうのだ。

誰がどう見てもおかしな侍で、卯之吉自身、自分は侍には向いていないと思っている。

（なのにどうして皆さんは、あたしのことを、人斬り同心だとか、剣客同心だ、などと誤解なさっているのでしょうねぇ）

などと考えて、他人事のように微笑《ほほえ》んだ。

そのおかしな同心の後ろに美鈴が従っている。大名屋敷にお呼ばれされたと聞いて黙っていられず、無理やりついてきたのだ。

美鈴は卯之吉が、世間一般の評価とは正反対の男だということを知っている。だから、絶対に目を離すことができない。

艶《つや》やかな黒髪を結《ゆ》い上げて、白い元結でまとめて後頭部へ長く垂らしている。もともとキリッとした美貌の持ち主なので、男髷《まげ》を結っただけで、元服前の凛々《りり》しい若侍の姿になる。

身体つきもほっそりと長身で、乳房や尻の丸みもそれほど目立たない。袴捌《はかまさば》きも颯爽《さっそう》と大股に歩めば、それだけで十分に、少年に見える外見となった。

「それにしても、あたしにどういう御用件がおありなんでしょうねぇ」

卯之吉は呑気《のんき》な口調で言った。

「あたしみたいな者とお喋《しゃべ》りをしたいだなんて。世の中にはおかしなお大名様がいらっしゃったものですねぇ」

卯之吉は「ふふふ」と忍び笑いを漏らした。これから大名の御前にまかり越すというのに、まったく緊張した様子もない。

（世の中でいちばんおかしいのはあなた様です）と、美鈴は言いたかったのだが、黙っていた。

「それにしても」

と卯之吉は、羽織の両袖を摘まんで、奴凧《やっこだこ》みたいに腕を広げた。

「こんな羽織まで頂戴しちゃって」

梁川幸蔵は羽織まで持参してきて、卯之吉に差し出した。「どうぞ、これをお召しになって、お越しください」という口上つきだ。

その羽織に入れられた紋は、川内家の略紋であった。川内家の御家門（親族）が使用する家紋である。

その羽織を着て川内家の屋敷を訪れれば、卯之吉はその間だけ川内家の親族待遇を受けることができる。

南北町奉行所の同心の身分は低い。しかも町方役人は武士の社会には立ち入ることが許されていない。同心の黒巻羽織姿では、大名屋敷の門をくぐることすらできないのだ。だから川内美濃守は羽織を贈って寄越したのだが、武家社会の常識が欠如している卯之吉は、その意味をいまいち理解してはいなかった。

美鈴の後ろにはいつものように銀八《ぎんぱち》が従っている。銀八もまったく緊張していない。川内美濃守と聞いてすぐに、「ああ、あの金撒き殿様でげすな」とあたりをつけてしまったからだ。

川内美濃守は吉原での遊興が大好きで、参勤交代で江戸に下ってきた際には、千代田のお城に登城するより先に、吉原の大門に乗り込む——などと評されていた。

ちなみに大名行列は、江戸に参勤する際にも、国許に戻る際にも、〝下る〟を使う。〝上る〟を使うのは京の御所を目的地として移動する時だけだ。

銀八は売れないへっぽこ幇間《ほうかん》であるから、大名の座敷などからは絶対にお呼びがかからない。しかしながら吉原で遊ぶ殿様には、親近感を感じずにはいられない。

（ここは、あっしの芸で、お殿様の御座所をにぎやかにしてさしあげやしょうかねぇ）

などと、実際にそんなことをやってしまったら無礼討ち間違いなしのことを考えて、ほくそ笑んでいた。

そうこうするうちに川内家江戸上屋敷の門前に着いた。

大名屋敷の門は石高や大名の官位によって、その規模や形式が異なる。江戸町奉行は、幕府開闢《かいびゃく》当初は譜代の小大名が就任する役職であった。町奉行所の門構えは数万石の大名屋敷に準じた造りになっている。

卯之吉は川内家の門を見上げた。いつも見慣れている南町奉行所の門と、たいして変わらぬ造りであったので、特になんの感慨もなかった。

表門の脇の耳門《じもん》が開けられた。羽織袴姿の侍が五名ほど足早に出てきて、卯之吉を取り囲んだ。

「南町奉行所の八巻殿にございまするな。拙者、近習番頭《きんじゅうばんがしら》、塙束次郎《はなわつかじろう》と申す」

近習番は殿様の身の回りに仕える役職だ。正面に立ちはだかった大柄な武士が、眉間に皺《しわ》を寄せ、眼光鋭く、卯之吉を見据えながら挨拶を寄越してきた。

（なんでしょうねぇ。まるで、果たし合いでもするみたいですねぇ）

睨《にら》みつけられた卯之吉は、そんなことを考えて「ふふっ」と口元を弛《ゆる》めた。

「あい。あたしが南町奉行所の……ええと……」

一度は吉原面番所同心を拝命したのであるから、もはや見習い同心ではない。

しかし今はなんの役にも就いていない。

「ええと、無役の同心の、八巻卯之吉という者でございますよ」

「ハッ、無役の同心の八巻……えっ、無役？」

どうしてわざわざ無役だなどと断りを入れてきたのか、その意図がさっぱり読めない。塙は頭を混乱させて、口をモゴモゴとさせた。

「とっ、とにかく、屋敷にお入りくだされ！」

卯之吉の先に立って耳門をくぐった。

「あい。世話になりますよ」

卯之吉は、料理茶屋で下足番にでも声をかけるような風姿で、後に続いた。

ここでの卯之吉は川内家の親族待遇だが、表門の正門をくぐることができるのは当主である川内美濃守と、幕府からの使者など、極少数の者だけである。

続いて美鈴と、銀八も門をくぐった。

「こちらでござる」

塙は表御殿の玄関前をすり抜けて、庭の方へ向かった。やはり、町奉行所の同心風情を表御殿に上げるわけにはいかない。卯之吉はまったく気にせず、というか気にもかけずに、庭に通じる枝折《しお》り戸へ向かった。

「ああ、さすがにお大名様だねぇ……。これは、素晴らしいお庭だ！」

枝折り戸をくぐって庭に踏み込むなり、卯之吉が歓声を張り上げた。

大名屋敷で何が素晴らしいかといえば、それは一にも二にも庭である。

江戸は大火の多い町なので、贅《ぜい》を尽くした御殿も、すぐに焼亡してしまう。しかし庭の石や池は燃えない。庭木の枝は焦げることもあるが、植物はすぐに再生する。

御殿やお宝は焼失してしまっても、庭園は、手と金をかけた分だけ豪勢に、いつまでも保たれ続けるのである。

「ほぉおおおお」

卯之吉は感じやすい心を持っている。まるで子供のように目を丸くして、口をポカンと開けて、感動し続けた。

「手前の家では、とても、こんなお庭は造作できませんねぇ」

塙は（当たり前だ）と思って呆れた。同心の俸禄は三十俵二人扶持《ぶち》。町人から付け届けが入るとはいえ、大名屋敷の庭と張り合おうという発想が理解できない。

ところが、卯之吉が言う〝手前の家〟とは三国屋のことである。

三国屋の財力を以てすれば、江戸中の植木職人と庭師を総抱えにすることだってできる。しかし、主の徳右衛門は造園などには興味がない。土地があれば即、蔵を建て、何棟も並んだ蔵を眺めてウットリとするような男であった。だから卯之吉は、〝手前の家では作れぬ庭〟という感想をもらしたのである。

そんなこととは当然気づかぬ塙は、（面妖《めんよう》な町方役人だ）と感じ、（なんぞ思うところがあって、阿呆《あほう》のふりをしているのか）と訝《いぶか》しんだ。

「と、とにかく、あれなる庵《いおり》へお渡りあれ」

面倒な役目はとっとと終わらせてしまうに限る。庭の向こうに建つ茶室へと手のひらを向けた。

塙の先導で一行は庭の中を進んだ。しかし回遊式庭園（踏み石の敷かれた道に沿って歩いていくと、次々と趣のある光景が目の前に広がるように設計された庭）であるから、卯之吉はいちいち立ち止まり、「うぉ！」だの「あああ……」だの、奇声をあげて感じ入った。これではいつまでたっても茶室に辿《たど》り着かない。塙と配下の侍たちは、いい加減、イライラとしてきた。

と、その時。

「むッ……」

なにが気に障ったのか、美鈴が鋭い眼差しを庭の奥の植え込みに向けた。同時にスッと腰を落とし、目にも止まらぬ早技で脇差しを鞘ごと帯から抜いた。

美鈴の腕が鋭く振り抜かれる。脇差しの鞘が空中でなにかを打ち払った。鞘で打った瞬間、ビシッと乾いた音が響いた。よほど硬い物体が鞘に当たったものと思われた。

そのなにかは、地面に叩き落とされて、コロコロと白砂の上を転がった。その時にはもう、脇差しは美鈴の腰帯に戻っている。

「おや？」

卯之吉は、美鈴がなにをしたのかについては、まったく気がつかなかった。が、足元に転がってきた黒い豆粒のような物には気づいた。

腰を屈めて拾い上げる。

「ムクロジですねぇ」

羽根突きの羽根の先に着いている黒い実のことをムクロジという。羽子板に当たった時の音からもわかるように極めて硬い。

「どうしてこんなところにムクロジが……」

などと、美鈴の行動などまったく目に入っていなかった卯之吉は、指で摘まんだムクロジを不思議そうに眺めた。そして指先でクリクリと丸めた。

「そうだ」

卯之吉の表情がパッと弾ける。

「せっかくお大名様のお屋敷にお呼びいただいたのです。お礼を兼ねまして、ひとつ芸をお目にかけましょう」

卯之吉はムクロジを左の手のひらの真ん中に載せた。

「何をなされようというのか」

塙が不機嫌に聞き返してきた。卯之吉と同じように塙も、美鈴の行動にはまったく気づかなかった様子だ。美鈴の剣技が神速の凄《すさ》まじさだということである。

卯之吉はニッコリと笑った。

「指弾《しだん》です」

少し前、吉原や深川などの遊里で、指弾という遊びが流行した。ムクロジなどの木の実を指で弾いて、隣座敷の的に当てる。ようはそれだけの遊びなのだが、大の大人がそんな遊びに夢中になって、「このムクロジは良く飛ぶぞ。天下無双の逸物なり」などと自慢して、ただのムクロジを高価な椿油で磨き抜いたりしていたのだ。

卯之吉は右手の指で弾く構えを取った。四間ほど先に立つ石灯籠《いしどうろう》に狙いを定める。と、同時にムクロジをピンと弾いた。

ムクロジは標的の石灯籠を大きく外れて、藪《やぶ》の中に消えた。

誰が見ても、大外れであることは明白だ。微妙な空気が流れた。

と、銀八が扇子を大きく広げて、おどけた態度で振り上げた。

「大あたぁりぃ〜」

ますます空気が気まずくなる。銀八も、(あれ？　しくじったかな？)という顔つきで固まった。

「さぁ、八巻殿、こちらへ」

塙が厳《いか》めしい顔つきで歩き始めた。卯之吉と銀八はトボトボと従った。

三

卯之吉たち一行が茶室のほうへ遠ざかった時、突然に石灯籠の根元の藪が揺れた。

藪をかき分けて盛本右馬之介が這《は》い出してくる。藪の下闇に溶け込むために濃い柿色の忍び装束を着け、覆面までしていたが、覆面から出した目玉の片方を手で押さえていた。

「お、おのれ……！」

卯之吉が石灯籠を狙って弾いて、大きく外れたムクロジが右馬之介の片目を直撃していたのだ。右馬之介は巨体を低く屈めたまま、転がるようにしてその場を離れた。柴垣を乗り越えると、江戸家老の上田萬太夫の屋敷に逃げ込んだ。

「ご、ご家老……！」

家老屋敷の離れの障子際に身を寄せて、中にいるはずの萬太夫に声をかけた。

離れ座敷の障子が開いて、萬太夫が顔を出した。座敷の中には謀臣の薄田半次郎も控えていた。

盛本右馬之介は、口惜しげに声を絞りだした。

「せ、拙者、八巻に遅れを取りましてございまするッ……」

いまだ片目は開けることができない。打たれた目から涙を流しながらガックリと低頭した。

萬太夫と半次郎は、右馬之介のただならぬ様子に、思わず視線を合わせてしまった。萬太夫が訊いた。

「いったい、何事があったのじゃ。順を追って申せ」

「ハッ。せ、拙者、八巻めの武芸のほどをこの目で確かめてくれんと思い、八巻が通るはずの庭園にて、身を潜めて待ち構えましてございまする」

「うむ。その方の先祖は戦国のみぎり、藩祖興定《おきさだ》公に忍術で仕えた者であったと聞く。さだめし、その方の家には忍びの技も相伝されておるのであろう」

柿色の忍び装束姿の右馬之介を見て、萬太夫はそう言った。

「それで、どうなった」

「ハッ。八巻め、藪に身をひそめて待ち構える拙者の気息に気づいたものか、無駄話などして、一向に近づいて参りませぬ」

「それで」

「拙者、いささか焦《じ》れて参り申して、八巻めに、ムクロジを放ったのでございまする」

「ムクロジとな。まるで子供の遊びだが」

「ムクロジと申しましても、忍びの者が放つムクロジは、人を昏倒《こんとう》させるほどの力を秘めておりまする。御覧あれ」

右馬之介は短い筒を懐から取り出すと、ムクロジを詰めて口に咥《くわ》えて「フッ」と吹いた。

ムクロジの弾は、家老屋敷の庭に植えられた木の枝の一本を粉砕した。

萬太夫と薄田半次郎は、思わぬ威力を見せつけられて、目を丸くさせたり、唸《うな》ったりした。

萬太夫が訊《き》いた。

「それを八巻に吹きつけたのだな」

「御意」

「して、どうなった。いかな八巻とは申せ、ひとたまりもあるまいに」

「それが、不覚にも、八巻に供する若侍めに打ち落とされてしまい……」

元服前の前髪立ちの、それも可憐な美貌の若侍などに術を破られてしまったのだ。右馬之介は怪異な容貌《ようぼう》を口惜しげに歪《ゆが》めさせた。

「や、八巻めは、若侍が打ち落としたムクロジを悠然と摘まみ上げ、せ、拙者をあざ笑うかのごとき冷笑を浮かべており申した」

「うむ、して？」

「八巻は、近習番頭の塙とその配下の者どもに『芸をひとつ、お見せいたそう』などと高言いたし、いきなり、ムクロジを打ち返してきたのでございまする！」

その時、どれほど右馬之介が驚いたことか。八巻の手元から放たれたムクロジは、狙い違《たが》わず、藪の中に潜んだ右馬之介の片目を直撃した。家に伝わる忍びの術で気息を絶っていたから、なんとかこらえることができたが、普通であれば激痛に絶叫していたことだろう。

しかも憎々しいことに、八巻の小者までもが右馬之介を嘲笑《ちょうしょう》して、「大あたぁりぃ」などとおどけた態度を取ったのだ。

（おのれッ……）

その時の屈辱を思い返して、右馬之介は乱杙歯《らんぐいば》をギリギリと噛み鳴らした。

（八巻も、若侍も、小者も、このわしの忍びの術を見破っていた、ということなのだッ！）

さすがは江戸で名高い剣豪。そしてその家に仕える者たちだ。小者などは、いったいどこの太鼓持ちだ、と言いたくなるような風貌だったが、それも世を欺《あざむ》く仮の姿。実は八巻門下の高弟で、人並み外れた眼力の持ち主なのに違いなかった。

「ゆ、油断なりませぬぞ、ご家老！　八巻主従は、噂に違わぬ強者《つわもの》揃いにございまする！」

話を聞かされた萬太夫は、「ううむ」と、唸ってしまった。

庭に控えた右馬之介の有り様と、青黒く腫《は》れ上がった瞼を見れば、八巻の恐ろしさが嫌でも理解できてしまう。右馬之介は玉御崎藩でもそれと知られた武芸達者だ。それを八巻は、まるで赤子の手をひねるように退けた。

「殿は、まことに恐るべき者をお近づけなされたものだな」

あの馬鹿殿のどこにそれだけの知謀があったのか、家老の萬太夫にもさっぱり理解できないのだが、とにもかくにも恐るべき相手が、川内家の内紛に首を突っこんできてしまった。

「しかし」と萬太夫は首を振った。

「その八巻とやらが、どれほどの切れ者かは知らぬが、まさかに、我らのことまで調べを尽くしているとは思えぬ」

昨日今日、川内家と繋《つな》がりができたばかりの者に、こちらの腹の内を見透かされているとは思えない。およそ考えられないことだ。

ところが、薄田半次郎が青い顔をして訴えてきた。

「否、もしかすると八巻めは、我らが何を策しているのか、わかったうえで乗り込んで参ったのやも知れませぬぞ！」

萬太夫は眉間に皺を寄せて、薄田を見つめ返した。

「なにを申す。埒《らち》もない」

「いいえご家老！　八巻が盛本殿の目を狙って打ってきた意味をお考えくださいませ！」

「なにが言いたい」

「ご家老は、なにゆえ節分に豆を撒くか、ご存じでございましょうか」

「節分？　いきなりなんの話だ」

「ハッ、節分に豆を撒くのは、その豆で鬼の目を打ち、鬼を追い払うという呪術の名残にございまする」

さすがに謀臣だけあって、妙な知識を蓄えている。

「それがどうした」

「ハッ、ですから八巻めは、『誰が鬼なのかを知っている、その鬼を払うために乗り込んで来たのだ』、という意志を示すために、わざわざ盛本殿の目を打ったのではございますまいか！」

「……なんと！」

萬太夫は激しく狼狽した。

「もし、そうだとしたら——」

八巻は藩主美濃守に力を貸して、藩内の反美濃守派を一掃しにかかるかもしれない。

「これは、容易ならぬことぞ！」

萬太夫も家老である。その職に相応《ふさわ》しい知力は備えている。

（八巻め、本多出雲守様と親しくしている、というのが何よりも拙《まず》い……）

確かに、江戸屈指の剣客であるならば、剣術数奇《すき》（マニア）の大名と親しく交際していても不思議ではない。他にも、備後国《びんごのくに》の譜代大名、丸山家の上屋敷にも出入りを許されている、と聞こえてきた。

（八巻と事をかまえれば、即座に老中と譜代大名が敵に回るということか）

七万石程度の外様大名では、とうてい太刀打ちできない。

（おのれ……）

萬太夫は唇を噛んだ。

（これは迂闊《うかつ》には動けぬぞ）

今頃、庭園の茶室では、美濃守と八巻が密談を交わしているはずだ。八巻はいったいどんな言葉を美濃守の耳に注ぎ込んでいることか。萬太夫は身震いした。

四

「そのほうが八巻か。余が美濃守じゃ」

玉御崎藩七万石の藩主、川内美濃守興元が茶室に入ってきて、腰を下ろすなり、上機嫌に言った。

卯之吉はほんのりと笑みを浮かべて、美濃守を見つめ返した。

（はぁ、これが噂の、お殿様でございますかぇ）

川内美濃守は卯之吉の馴染みの敵娼《あいかた》である菊野太夫を贔屓《ひいき》にしている。当然、卯之吉は美濃守のことを良く知っていた。

今時の大名だから、そう何度も登楼はできない。しかし、遊ぶときには豪勢に遊ぶお殿様だと、吉原ではちょっとばかりの評判を取っていた。

卯之吉は遊び人相手には分け隔てのない男だ。志を同じくする者、みたいな親近感を抱いている。美濃守と一緒に遊んだことはないが（もし一緒に遊んでいたら、三国屋の若旦那が同心の八巻だと知られてはならないので、この屋敷にも顔を出せなかったであろう）、親しみぐらいは感じていた。

美濃守が語りかけてくる。

「なぁに、お主を呼んだのはほんの気まぐれ。他意はないによって、そう硬くなるでない……と、申して、うむ、硬くなってなどおらぬ様子だな」

卯之吉は低頭して答えた。

「お殿様のお噂は、吉原で耳にいたしておりましたので、なにやら、初めてお目にかかったような気がいたしませぬ」

「左様か。そのほうは吉原同心であったのだな」

「殿様の豪壮な遊びっぷりには、かねがね心を打たれておりました」

「なにを申すか。わしの遊びなど、左様さな、三国屋の放蕩《ほうとう》息子に比べれば児戯に等しきものよ」

吉原一の大通人として知られる卯之吉を引き合いに出して謙遜《けんそん》したのだが、引き合いに出された卯之吉本人は困り果ててしまった。

「いいえ、それほどのことはございません……」

「そなたが遜《へりくだ》ることではあるまい」

美濃守は呵々《かか》大笑《たいしょう》した。

和やかな空気が流れる。ここに銀八が同席していたら、とんでもなく場違いな物言いで座を白けさせていたことであろうが、幸い、銀八は茶室の外に遠ざけられている。美鈴も同じだ。この茶室には、美濃守と卯之吉だけが座っていた。

「茶を一服、如何《いかが》かな」

美濃守は数奇者（風流人）だけに茶道の造詣《ぞうけい》も深いようだ。それに茶室では、亭主と客がいるだけで、身分の上下は問われないことになっている。

「いただきます」

卯之吉は喜んで受けた。卯之吉の茶道の嗜《たしな》みも、酔狂《すいきょう》者の若旦那だから当然に結構なものである。美濃守は茶を喫する卯之吉の姿を、目を細めて見守った。

ここまで趣味と話が合えば、すでに打ち解けたも同然である。ことさらに卯之吉は人見知りをしない性格だ。誰の懐にも飛び込んで懐《なつ》く猫のような男である。

美濃守も心を許した様子で微笑んでいた。

「さて、八巻よ、よくぞ我が領内にて起こった怪事件を、江戸にいながらにして解いたものだな。余は感服いたしたぞ」

「ああ、あれは……」

自分だけの力ではない、源之丞や朔太郎と智慧《ちえ》を出し合ったから解けたのだ、と卯之吉は思っている。

（あっ、そうだ）と卯之吉は思った。あの夜、座敷でどうにも解けない謎がいくつかあった。その謎をこの殿様に解いてもらいたいと思った。

「やはり、あの首無し死体は、庄屋の喜左衛門さんとは別人だったのでございますかぇ」

美濃守は大きく頷いた。

「左様じゃ」

「それなら、本物の喜左衛門さんは、今はいずこにおられるのですかえ」

「皆目わからぬ。姿を消したままだ」

「あたしには、どうにも腑に落ちないのですが……」

と、断りを入れてから卯之吉は訊ねた。

「庄屋様といったら、たいそうなご身分でございましょう？　先祖代々続いた由緒あるご身分です。そんな簡単に何もかも投げ捨てることができるのでしょうかね」

領主の大名は転封で替わっても、庄屋はずっと庄屋のまま、その村落を治め続ける。百姓たちにとってはある意味、殿様よりも恐ろしく、権威を感じる存在だ。

喜左衛門の田中家も「前の領主と癒着していた」と悪評を立てられていることからもわかるように、玉御崎の一村を代々支配してきたわけで、これからも子々孫々、支配し続けることができるはずであったのだ。

「それなのに、どうしてそんなたいそうなご身分を、あっさりとお捨てになったのですかねぇ？」

卯之吉は首をひねった。

とはいえ卯之吉だって、江戸随一の三国屋の商いなどにはまったく興味を持っていないし、祖父の徳右衛門が買ってくれた同心の身分も、有り難いものだとは思っていない。ぽいと置き捨てにして、身一つでどこかへフラフラと行ってしまいかねない男だ。

とにもかくにも自分のことは棚に上げて、卯之吉は、喜左衛門の行動を訝しがっている。

「うむ、それはだな……」

美濃守は、多少言いにくそうにして答えた。

「喜左衛門めは年貢の横流しをやっておったらしいのだ」

「横流し？　お米を金に換えて、私腹なさっておられたのですかぇ」

「どうやら、そのようだ。郡奉行の精査で判明いたした」

「ははぁ、なるほど」

「なにが『なるほど』なのだ」

「せっかく大金を手に入れても、お国許では散財することはできないでしょう。その金の出所はどこだ、という話になって、ご詮議をうけることになります」

「そうだろうな」

「ですから喜左衛門さんは、不正に溜め込んだ金子《きんす》を思う存分使うために、お国許を離れなければならなかったのですね。しかも、自分自身を死んだことにしたうえで」

「そうなのであろうな」

「ああ、なるほど、なるほど」

卯之吉の顔つきが明るくなった。

「ただ、金を持って逃げたのでは、庄屋の田中家はお取り潰しとなりましょう。しかし、殺された、ということになれば、喜左衛門さんのお子さまか、ご親族が庄屋の身分を継ぐことができましょう。……きっと喜左衛門さんは、そんなふうにお考えになったのでございましょうね」

「そうかもしれぬな」

「年貢米がいつのまにか消えてしまったことだって、ゴギミンサマの騒動が大きくなれば、気づかれずに済むかもしれません。あるいは、米倉から米がなくなったのも、ゴギミンサマの祟《たた》りだ、などという話に持っていこうという腹だったのかもしれませんよ」

喜左衛門が自分の死を演出しなければならなかった理由が、急にスラスラと氷解した。卯之吉はここ何日か、そのことばかりを考えていた。スッキリと謎が解けたので、満足をして微笑した。

「なるほど」

と、美濃守も感心しきりの様子で頷いた。

「この余にも、いまひとつ納得のゆかぬ一件であったが、そのほうのお陰で詳《つまび》らかに得心いたしたわ」

「いえ、あたしなどは、なにも……」

「さすがに江戸随一の切れ者同心よな」

「いえ、あたしなどは、ただの穀潰しの放蕩者でございまして」

美濃守は「わけがわからぬ」という顔をしたが、さすがに育ちが良いので、根掘り葉掘り問い質《ただ》そうとはしなかった。

「八巻のごとき役人が我が領内にもおれば、領内で頻発する怪事件もたやすく解決するであろうに……」

何気なく漏れた美濃守の言葉に、卯之吉の耳がピクンと反応した。

「他にもまだ、怪談奇談の類《たぐい》がおありなのでございますかぇ」

放蕩者は基本的に、そういった埒もない話が大好きなのだ。

美濃守は慌てて首を横に振った。

「いや、なに……。どこにでもある喧嘩騒動や、こそ泥騒ぎのことよ。ハハハ」

町奉行所の同心は、曲がりなりにも徳川家の家来だ。しかもこの八巻は老中の本多出雲守とも親しいという。「玉御崎藩領に騒擾《そうじょう》の気配あり！」などと告げ口されてはたまらない。

「それにしてもさすがに辣腕《らつわん》同心よな。急に活き活きとした目つきになりおったわ」

美濃守は豪快な高笑いでその場を誤魔化した。

それから二人は、茶道や庭園の造作などについて語り合った。卯之吉は吉原でも大通、粋人として知られた男だ。およそ風流に関する知識ならなんでも諳《そら》じている。茶道具の名物などは三国屋にいくらでも（大名家から借金の形《かた》に巻き上げた名器などが）転がっている。

他にも、絵画工芸の話題、江戸三座の芝居の話題、なんでもござれだ。美濃守は卯之吉の澄まし顔を繁々と見つめて賛嘆した。

（ご老中の本多様がお手許に置きたがる気持ちもわかる）

などと感服しきりの様子であった。

やがて、昼九ッ（正午）を知らせる鐘が鳴らされた。

大名は有閑階級のように見えてこれがなかなか忙しい。幕府の重役との付き合いや、領内の政治の裁可など、やらなければならないことが山積みになっている。

近習番頭の塙が障子の外の濡れ縁に控えて言上した。

「殿、刻限にございまする」

「うむ」

美濃守は素直に頷いた。

「それではの、八巻。本日は楽しかったぞ。折りを見て、また我が屋敷を訪れて参るが良い」

卯之吉は挙措《きよそ》正しく平伏した。芝居の御殿の場面で見覚えた所作だ。

美濃守は「うむ」と頷いて、茶室から出ていった。

五

卯之吉は、もと来た道を逆に辿って、屋敷の門へと案内された。先導しているのは塙ではない。屋敷に仕える小者だ。塙とその配下には近習としての仕事があるのであろう。美濃守に従って御殿の奥へと消えた。

一度歩いた道だから迷うことはない。卯之吉と美鈴、銀八は、勝手知ったる足取りで門へと向かった。

その途中、屋敷の玄関の前には、美濃守の外出の供をするのであろうか、中《ちゆう》たそのぶん揉《も》み上げを長く伸ばした間《げん》奴が何人か集まっていた。月代《さかやき》を広く剃り、そのぶん揉み上げを長く伸ばした強面《こわもて》の男たちだ。釘抜紋という独特の紋の入った黒い法被《はっぴ》を着けているので、すぐに中間だと見て取ることができた。

その中間たちがなにやら、やいのやいの、と喚《わめ》き散らしている。厳めしい顔つきの、体格の良い男どもが野太い声を張り上げている。恐ろしい光景だ。

しかし卯之吉は、何食わぬ顔つきで小首を傾《かし》げた。

「なんでしょうねぇ、あの騒ぎは。御門内で喚き散らしたりしたら、こちら様のご体面にも関わるでしょうに」

いずれにしても、門を通らなくては外に出られない。卯之吉は頼りない足取りでヒョコヒョコと騒ぎに向かって歩いていった。

近づくに連れて、中間たちの張り上げる濁声《だみごえ》が明瞭に聞き取れるようになってきた。

「供をしねぇって言ってるんじゃねぇ！　供をさせるのなら、決められた給金をちゃんと払えって言ってるんだ！」

鎌髭《かまひげ》を濃く生やした四十歳ほどの中間が人の輪の中心で息巻いている。若いころは相撲取りでもやっていたのだろうか、六尺（百八十二センチ）に達しようかという背丈だ。顔を真っ赤に染めている。さながら赤鬼でも見るかのごとき恐ろしさであった。

赤鬼中間の周囲で、若い中間たちも目を怒らせ、赤鬼に同調していた。

「そうだぜ！　オイラたちにだって養わなくちゃならねぇカカァとガキってモンがあらぁ。いつまでも給金を待たされていたんじゃ、一家揃って干上がっちまうぜ」

「そうだそうだ」と周りの中間たちが同意を示して声を合わせた。

中間たちを取り鎮めようとしているのは、川内家の家中の、年嵩《としかさ》の侍であった。重臣が中間などと折衝することはあり得ないから、せいぜいが家禄数十俵ぐらいの軽輩であろう。

軽輩の老武士は軽輩ならではの、苦労に苦労を重ねてきたようで、声を荒らげたりはせず、誠心誠意、中間たちを宥《なだ》めている。

「まぁ待て。家中に急な出費があっての、それがゆえに金が滞っているが、国許には金子がちゃんとある。今、飛脚に持たせて走らせておる。近日中には必ず、金が届くのじゃ。今日のところは辛抱してだな、行列を組んでくれぃ」

中間たちが行列を作ってくれないと大名行列は成り立たない。しかし中間たちは給金が滞っていることを理由に、難色を示している。

「近日中、近日中って、半月前からずっとその仰《おつしゃ》りようじゃあござんせんか。いってぇいつになったら、その飛脚は江戸に着くんですかえ」

赤鬼中間が、怒り半分、呆れ半分の口調で言った。周りの中間たちも喚きだす。

「もう騙《だま》されやしねぇぞ」

「そうだそうだ。給金をもらうまでは、ここから一歩たりとも動くもんか」

卯之吉は、話のおおよそを理解した。

（いずこのお大名も、台所は火の車なんですねぇ……）

などと他人事のように感想を抱いたが、大名家の台所を火の車にしているのは、ほかならぬ札差などの町人階層の台頭だ。三国屋などの豪商が豊かになった分だけ大名が貧しくなったのである。

この時期、年貢米に頼る武家社会の経済は破綻寸前に追い込まれている。町人による貨幣経済の発達で、贅沢《ぜいたく》品などの諸物価が高騰する一方、米の値段がどんどん下がっていたからだ。

（それにしても、困りましたねぇ）

美濃守はこれからいずこかへ出掛けなければならないのだろう。しかしこの調子では屋敷を出ることも叶《かな》わない。

（あのお人の好いお大名様が難儀なさっていらっしゃるのを、見過ごしにはできませんねぇ）

つい先刻まで楽しくお喋りをしていた相手だ。卯之吉という男は甘えん坊なので、人と人との繋がりをベタベタに重視するところがあった。

卯之吉はヒョイヒョイと足を運んで、中間たちに歩み寄った。

「もうし、お前さん方」

中間たちはギロリと鋭い眼差しを卯之吉に向けた。相撲取りのような赤鬼を筆頭に、容貌魁偉《ようぼうかいい》で筋骨隆々の男たちが揃っている。卯之吉のような人を食った男でなければ、たちまち震え上がっていたことだろう。しかし、卯之吉はいつもの調子で平然と微笑を浮かべた。

「どちらさんですかえ」

赤鬼が凄《すご》んだ。卯之吉は刀を二本差しているから口利きに遠慮があるが、それでも今にも殴りかかってきそうな迫力だ。

老武士は、卯之吉の羽織についた略紋を見て「あっ」と小さく叫んだ。御家門様の一人だと勘違いをしたのだ。

中間たちも、曲がりなりにも武家奉公をしている者たちだ。略紋に気づいて居住まいを正し、両手を両膝について頭を下げた。

もちろん卯之吉の顔などは知らない。国許からやってきた、美濃守の親族だと勘違いをしたのである。

「お給金が滞っているらしいね。今、あたしの耳まで届いたよ」

卯之吉は超絶的な世間知らずだ。平然として明るい声音で言い放った。何も知らない老武士と中間たちの目には、確かにこの超絶的な物腰、大名の分家に相応しい姿に見えたことだろう。

それでも赤鬼は、「ここで舐《な》められては只働きをさせられる」と思い直して、下腹に力を込めて、言い返してきた。

「へい。今月は、先月分と合わせて一両の手当てを頂戴できる約束でございましたんで。ところがお約束の期日を過ぎても、肝心の物を頂戴できねぇんで」

卯之吉はニンマリと笑い返した。

「それはなにかの手違いだろうさ」

中間たちを悠然と見回す。

「……しめて十八人だね。つまりは十八両払えばいいのかな？」

赤鬼は頷いた。

「へい。十八両頂戴できれば、あっしらは文句を引っ込めて、忠義を尽くさせていただきやすぜ」

「あい。それならあたしがそのお足を払おう」

卯之吉は平然と請け合った。懐から紙入れ（小判を入れる財布）を取り出したので、老武士が慌てた。

「あの、もし……」

「いいから、いいから」

卯之吉は無造作に小判を取り出して、一枚一枚、中間たちに笑顔で手渡した。

「それじゃあ、あとはよろしく頼んだよ」

赤鬼は支払いを滞らせる川内家に腹を立てていただけで、根は悪い男ではないようだ。

「給金さえ頂戴できれば文句は申しやせん。気を入れて働かせていただきやす」

卯之吉に低頭すると、「おいっ、野郎ども」と中間たちに声をかけた。中間たちも「おうッ」と答えて、駕籠《かご》を護るための隊列を組んだ。金の力は偉大である。たちまちのうちに大名行列の威容が整ってしまった。

「あの、もし、御家門様……」

老武士がおそるおそる、声をかけてきた。

「御家門様は、どちらの……？」

川内家の親族衆も、いくつかの分家に分かれているのであろう。それらの者たちは国許で暮らしているので、江戸詰の勤番侍が見知っていなくても不思議ではない。

しかし卯之吉は生まれついての町人だ。ゴカモンサマというのが何を意味しているのかすらわからない。

それに卯之吉は人から感謝される、というのが苦手である。この金は三国屋が稼いだものであって、自分で稼いだものではない。その金を使ったことで他人から感謝をされるのは、道理が通らないと思っている。

「ああ、いいから、いいから」

両手を振って老武士を押しとどめて、すぐにその場を離れた。

逃げるようにして耳門をくぐって外に出る。美鈴と銀八を従えて、八丁堀へと急いだ。

「これで美濃守様の御面目が潰れずにすんだねぇ」

よかったよかった、と呟きながら、通りを歩いていく。

その後ろで銀八が小首を傾げた。

「しかしでげす、若旦那」

「なんだえ」

「玉御崎藩の美濃守様といえば、吉原では〝金撒き殿様〟として名を馳《は》せている御方でげすよ。若旦那ほどじゃねぇにしても、小粒や小銭を景気よく撒いていらっしゃる通人でげす。その御家中が、中間の給金にすら事欠いているとは、ちょっとばかり驚き、桃の木、山椒《さんしょ》の木でございますなぁ」

美鈴はフンと鼻を鳴らした。

「つまり、藩の公金を持ち出して、遊び惚《ほう》けておるということであろう」

女人の美鈴は、世の男たちの遊興を快く思っていない。しかしそれなのに卯之吉に対してだけは男勝りの胸を切なくさせながら慕い抜いているのであるからおかしな話だ。卯之吉ほど派手に、遊里で遊興している男はいない。

「まぁ、そうなのかもしれませんねぇ」

卯之吉はもう、なにもかも興味を失くした、とでもいうような顔つきだ。十八両も散財した男の姿には見えない。

(さすがに、旦那様はお心が広い……)

こういう桁外れの大きな度量に、美鈴は惚れこんでいるのだ。それに卯之吉の人好きは本物である。ちょっと顔を合わせてお喋りしただけの相手のために、親身になって心配する。まったくの無償、見返りなど考えてもいない。だから美鈴も卯之吉のために、無償で尽くしてあげたくなるのだ。

胸の鼓動をキュンキュンと高ぶらせ、円《つぶ》らな瞳を潤ませながら、美鈴は卯之吉の後ろを歩く。若侍の姿をしているだけに、ちょっと異様に見えなくもない。

前を歩く卯之吉はシャナリシャナリと小粋なんだか不気味なんだか判別しがたい足運び。美鈴の後ろには幇間そのものの銀八が滑稽なガニ股で歩いている。

なんとも不思議な三人連れで、道を行き交う者たちが、目を瞬《しばた》かせて見送った。

六

「身請け、でありんすか」

菊野太夫が声を震わせて聞き返した。

楼主の長兵衛《ちょうべえ》が菊野の前に座っている。菊野の身請け証文を握っているのがこの男だ。菊野にとっては頼りになる親代わりであると同時に、自分の首に縄をつけた地獄の鬼とも思える相手であった。

長兵衛が、恵比寿大黒のような笑みを浮かべて頷いた。

「お相手は玉御崎藩のお殿様だよ」

「美濃守様……」

「その通りだよ。お前に大層なご執心で、通ってこられるあのお殿様さ」

長兵衛は煙管の莨《たばこ》に火をつけて、プカッとふかした。

「お前もこれでお大名のご側室様だよ。たいした玉の輿《こし》じゃないか」

今にも頰など蕩《とろ》け落ちそうな笑みを浮かべて菊野を見た。

長兵衛は女を食い物にしている忘八《ぼうはち》だが、今ばかりは本心から、菊野の摑《つか》んだ幸せを喜んでくれている。そういう顔をしている。

もっとも、遊女の身請けの際には揚屋にも、そうとうの金が入る仕組みだから、長兵衛がご満悦なのも当然のことなのだが。

確かに、たいした玉の輿である。吉原の花魁《おいらん》はどんなに気高く澄ましかえっていても、しょせんは遊女だ。

遊女は金で売られてこの苦界《くがい》に身を堕《お》としてくるが、その大半は生きて吉原から出られない。過労と病でどんどん死んでいく。身請けをしてくれる相手は、ある意味で命の恩人だった。

身請けで吉原を脱出できるだけでもたいした果報であるのに、それがいきなり大名の側室とは。長兵衛でなくても感謝感激すべき場面だ。

菊野太夫は少し、面を伏せて考え込んだ。

（わっちは、嬉しくないのでありんしょうか？）

大いに喜ぶべきことだ、とは、頭ではちゃんと理解している。なのに喜びの感情が湧いてこない。

この吉原で遊女を続けていたい、などとは、まったく思っていない。それなのに少しも嬉しくない。

（いったい、何故……）

長兵衛はそんな菊野太夫を見て、感心したように何度も頷いた。

「さすがは太夫だ。こんな時にも気持ちを表に出しやしないのだね。たいしたものだ。お前のような花魁は、あと十年は出てこないだろうさ」

花魁は滅多に感情を表わさない。花魁は吉原によって作られた偶像だ。天女や姫君を演じさせられている。生身の人間ではないと言っても良い。

しかしこの時の菊野太夫は、職業意識で喜びを隠しているのではまったくなかった。本当に嬉しいと感じることができないでいたのだ。

「それにしても……」と長兵衛が首を傾げさせた。

「花魁のお前を身請けするには、二千両からの金が要《い》りようだよ」

遊女を身請けする際には、証文の金額のおよそ二倍の費用がかかると言われていた。菊野の証文が千両だとすると、身請けの披露や、揚屋への挨拶と礼金、菊野の下についていた新造や禿《かむろ》への手当て、吉原で働く者たちへの祝儀や駄賃などなど、様々な名目で金を出さなければならなかった。証文に書かれた金額を払っただけでは身請けできない仕組みになっていたのだ。

長兵衛は煙管を咥えて、プカリと紫煙をふかした。

「お大名様とはいえ、二千両もの大金が、そう簡単に融通できるとは思えないのだけれどねぇ」

吉原の客層は、元々は大名や武士であった。参勤交代で江戸に下ってくる勤番侍（単身赴任者）の性欲を引き受けるために作られたのが、そもそもの始まりだったのだ。ところが武士は経済的に落ちぶれた。代わりに台頭してきたのが町人たちだ。長兵衛は揚屋の主であるから、当然、いま金を持っているのはどういう階層の人間か、というところに敏感であった。

「しかし、まぁ、金さえ受け取れるなら、こちらはそれで満足だけどね。さぁ花魁。これから忙しくなるよ。吉原一の花魁の身請けだ。これは花嫁行列のようなものだからね。吉原じゅうを盛大に飾りつけて、末代までの語り種《ぐさ》になるような披露宴にしなくちゃならない」

これで吉原には莫大な金が落ちる。川内美濃守からの二千両だけではない。身請け披露を見物するために、江戸中から粋筋や野次馬たちが集まってくる。このうえさらに千両は、吉原に金が落ちるはずだった。

第三章　上屋敷の怪

一

下谷広小路《したやひろこうじ》の両脇は東叡山寛永寺《とうえいざんかんえいじ》の門前町になっている。寛永寺は芝の増上寺《ぞうじょうじ》と並ぶ徳川将軍家の菩提寺で、歴代の将軍がこの山内で眠っている。江戸城に住まう当代将軍が参詣する際は、お成道からこの下谷広小路を通り、三橋《みはし》（不忍池《しのばずのいけ》から流れる川に架かっている橋）を通って、黒門から寺内に入る。

門前町には参詣者をあてこんだ飲食店や茶店などの他にも、寺に仕える者たちや職人などの長屋があった。

寛永寺は言うまでもなく格式の高い寺だ。貫首《かんしゅ》（住職）は天皇家の親王（輪王寺宮《りんのうじのみや》）が務めることになっている。

江戸の中期まで、門前町は寺の境内の一部とされていて、南北町奉行所の役人は手入れや調べのために踏みこむことができなかった。

こういう場所には往々にして巨悪が巣くう。目下のところ、下谷広小路界隈《かいわい》を牛耳《ぎゅうじ》っているのは山嵬坊《さんがいぼう》という荒法師であった。寛永寺の塔頭《たっちゅう》寺院に仕える僧侶なのだが、僧侶といってもいろいろある。山嵬坊はいうならば、武蔵坊弁慶《べんけい》のような男で、境内での力仕事や、高僧たちの警護などを担当していた。ほとんど寺男と変わらぬ仕事なのであるが、輪王寺宮ともなるとさすがに高貴な身分だから、僧侶以外の者を身近で使うことが難しいのだ。

山嵬坊は下谷広小路にある料理茶屋の離れを借りきって、大盃で般若湯《はんにゃとう》を呷《あお》っていた。般若湯とは酒の隠語であり、戒律で飲酒を禁じられた僧侶ならではの物言いだ。

畳の上に大きな毛氈《もうせん》を敷き、朱塗りの膳の上には山海の珍味がのっている。肉《にく》食《じき》も禁じられているはずなのだがお構いなしだ。それどころか山嵬坊は、巨体の傍《かたわ》らに二十代後半の年増《としま》の美女を抱いていた。

僧籍にある者にとって肉食妻帯はもっとも重い罪である。ある意味で殺人と同じくらいに罪深い。しかし昨今では、僧侶の肉食妻帯は当たり前のこととして黙認されている。

　寛永寺に対しては、寺社奉行所でも大いに遠慮がある。寛永寺の偉いお坊様たちを怒らせたりしたら寺社奉行の出世も頓挫《とんざ》する。山嵬坊たち悪僧は、寛永寺を後ろ楯として使っている限りは大手を振って、悪事を働くことができたのだ。

「どうぞお飲みくだされませ。ここは拙僧が妹にやらせている店でござるから、いくら飲み食いしても只《ただ》でござる。さぁご遠慮なく」

山嵬坊が髭面《ひげづら》に精一杯の愛想笑いを浮かべながら言った。

山嵬坊は名前の字面そのままに容貌魁偉《ようぼうかいい》な大男だ。ニヤリと笑った唇から黄ばんだ糸切り歯がニョッキリと突き出ている。

　上田萬太夫の謀臣、薄田半次郎は、微妙に眉根を顰《しか》めさせた。山嵬坊の言う〝妹〟というのは、片腕で抱き寄せている女将のことなのであろう。いくらなんでも本当の妹の尻を撫《な》でたりはしないであろうから、妹というのはあくまでも建前で、実際には隠し妻か妾であるのに違いない。

　この店を預けて切り盛りさせて、儲けを出しつつ、隠れ家としても使っている、そういうことなのだと思われた。

「酒はもう結構。あまりいける口ではないのでな」

薄田半次郎は盃を伏せた。酒など飲まされて判断力を鈍らされるのは良くない。それに、どんな美酒でも破戒僧の醜態を眺めながら飲んだら不味《まず》くなる。

山嵬坊はどんぐり眼を見開いた。

「おや、下戸でござったかい」

「いや、酒も料理ももういらぬ。十分馳走になった」

「なら女か」

「女もいらぬ。わしの話を聞け」

山嵬坊は嫌らしい目つきで笑った。

「田舎大名の勤番侍は忠義者揃いだ。いや、せっかちなこと」

「なんとでも申せ。わしは役目で来ているのだ」

半次郎の前には三方《さんぼう》が置かれ、その三方には二十五両の帯封のついた小判が二つ、合わせて五十両が載っていた。この金で裏社会の顔役である山嵬坊に悪事を頼もうと思って、足を運んできたのだ。

山嵬坊は下唇をニュッと突き出すと、顎をしゃくってその小判を指し示した。

「たまには藩の公金の上前をはねて遊んでやろう、とか考えぬのですかえ」

半次郎はあくまでも生真面目に答えた。

「うぬとの折衝が首尾よく運べば、あるいはそんな浮ついた気持ちにもなるかもしれぬが、今のところはそんな気にはなれぬ」

山嵬坊は「やれやれ」と居住まいを正した。妹という名目の女将を下がらせて膳を脇に置き直した。

「それでは、お気の済むように、話を片づけてしまおうじゃあござんせんか。いってぇお侍様は、拙僧になにをさせようってぇ、お腹積もりなんで」

半次郎は女将の足音が十分に遠ざかるのを確かめてから、口を開いた。

「上野の悪僧、山嵬坊殿を見込んでの頼みじゃ。是非とも聞き入れてもらいたい」

「どんな仕事ですね」

半次郎の目が、狂気をはらんで光った。

「南町奉行所の同心、八巻卯之吉を始末してもらいたいのだ」

すると途端に山嵬坊の顔つきが変わった。餓狼《がろう》のように嫌らしい笑みを浮かべていたのに、急に怖じ気《おけ》を走らせて、髭まで震わせて見せたのだ。

「なんだって！　み、南町の八巻を殺す？　お、お侍様、いくらなんでも冗談が過ぎやすぜ！」

「冗談などではない。まことに、あの者に生きていてもらっては困るのだ」

「お侍、あんた、浅葱裏《あさぎうら》の田舎モンだから、そんな無鉄砲が言えるんだ」

仮にも武士に対して、しかも仕事を依頼してきた客に対して伝法な物言いをしてしまったのは、山嵬坊が動揺しきっていたからだ。

「なにごと！　その無礼な物言い！」

「無礼は幾重にもお詫びしやすがね、旦那、このお江戸で南町の八巻に楯突いたりしたら命がいくつあっても足りやしねぇんですぜ！　そこんところの分別が足りてねぇんじゃねぇんですかい」

「しかし、貴様も下谷広小路の山嵬坊、その名を知られた悪党ではないか。寛永寺の権威を笠に着て悪事のやり放題——世間ではそのように見ておるぞ。下谷広小路の山嵬坊なら、南町の八巻に太刀打ちできるはず。我らはそう見込んでこのように、頭を下げに参ったのだ」

山嵬坊は「フン」と鼻を鳴らした。

「拙僧の他にも、江戸にゃあそれと知られた大悪党どもがごまんとおりやしたぜ。八巻の野郎の鼻をあかして、悪名を轟《とどろ》かせてやろう、なんて算段をした悪党がたくさんいやした。しかしそいつらはみんな、八巻に返り討ちにされちまったんですぜ」

侠客の黒雲《くろくも》一家の壊滅から始まって、神出鬼没の怪盗、霞《かすみ》ノ小源太《こげんた》の一党。大坂の大盗賊、夜霧《よぎり》ノ治郎兵衛《じろべえ》とその一味。千住の宿場を牛耳っていた長右衛門《ちょうえもん》。付け火に乗じて大金を強奪する手口で恐れられた火男《ひょっとこ》ノ金左衛門《きんざえもん》。

南北の町奉行所が手を焼いていた大物たちを、八巻はいとも無造作にあげていった。八巻の通ったあとには。ぺんぺん草すら生えていない——悪党どもの目には、そのように映っていたのだ。

「主だった江戸の黒幕で生き残っているヤツと言えば、荒海《あらうみ》ノ三右衛門《さんえもん》ぐれぇのもんだ。野郎は早々に八巻の軍門に下ったから許された。赤坂新町《あかさかしんまち》でそれと知られた大親分が、今じゃ八巻の飼い犬みてぇになっちまってるんですぜ」

半次郎は唇をへの字に曲げて聞いている。聞きしに勝る八巻の手腕を、他ならぬ悪党の口から聞かされて、（これはいよいよ困ったことになった）と思ったのだが、だからといって引き下がるわけにはいかない。悪党を使って八巻を始末するという策を思いついたのは家老の萬太夫だ。半次郎には決定権はない。上役にやれと言われたら、やるだけだ。

「我らとて、八巻の噂は知らぬわけではない。我らなりに調べは尽くした。そのうえで、どうあっても始末せねばならぬと腹を括《くく》ったのだ」

「いってぇ、旦那のところの御家中は、八巻にどんな弱みを握られちまったんですかぇ」

「言えぬ」

「そうですかい。それなら立ち入ったことは聞きやせんが。……それにしても八巻の野郎、ついにはお大名にまで冷や汗をかかせるたぁ驚きだ。町方役人ながらてぇしたもんだ」

「悪党が感心していてどうする」

「へっ、まったくで」

山嵬坊は太い腕をこまねいていたが、何事かに思いついた顔つきで「ああ、そうだ」と呟《つぶや》いた。

「なんだ」

「ええ。八巻に恨み骨髄で、命をつけ狙っている悪党がいるのを思い出しやしたぜ。そいつなら、旦那と手を組んで八巻退治に乗り出すかもわからねぇ」

「おう！　そういう者を探しておったのだ！　どのなんという者だ。引き合わせてくれぬか」

「へい。お峰《みね》ってぇ女狐で」

「なに？　女なのか」

「旦那、悪党の世界にゃあ男も女もねぇですぜ。向かうところ敵無しの豪傑が、女にうっかり気を許して寝首を掻《か》かれる。そういうことが往々にしてあるのが、殺しの世界なんでさぁ」

「なるほど。そうかもしれぬな」

「お峰は夜霧ノ治郎兵衛一味の残党なんで。仲間の仇を討とうと、しつこく八巻の身辺を探っているって話でさぁ。……こういう執拗《しつよう》さは女には敵《かな》わねぇ。いつかは八巻の命《たま》を取るんじゃねぇかと、あっしらも噂をしていたぐらいなんで」

「ふむ。して、その女狐、今はどこに潜んでおるのだ」

「へい。吉原の、大黒屋《だいこくや》ってぇ茶屋に——」

「なにィ！　吉原だと！」

半次郎の反応に、さすがの山嵬坊が目玉を丸くした。

「どうしなすったんで？　吉原になんぞ繋《つな》がりでもあるんですかぇ」

「な、なんでもない！　詮索無用！　して、お峰は吉原で何をいたしておるのだ」

「へい。大黒屋にゃあ、吉原一の花魁《おいらん》、菊野太夫が行列を作ってやってめぇりやす。お峰は菊野太夫の世話掛かりを仰せつかっているようですぜ」

「きっ、菊野太夫だとォ！」

「あれ？　どうかしなすったんですかい」

「せ、詮索無用と申しておる！」

「へい、こりゃあとんでもねぇお叱りだ。で？　どうしやす。お峰に繋ぎを取りやすかい？　もっとも……」

一旦言葉を切って、半次郎の膝元の小判を、舌なめずりするような目つきで見つめた。

「只で口利きってわけにゃあいかねぇ。あっしらの世界の仁義ってヤツを切ってもらわにゃあならねぇんですがね」

要するに、金を出せ、ということだ。

しかし薄田半次郎の耳には届いていない。半次郎はひたすら狼狽《ろうばい》している。

二

「お峰さん、お峰さん」

名を呼ばれ、お峰は顔を上げた。

大黒屋の裏手の板塀の向こうに、一人の遊女が立っていた。お峰と目が合うとその遊女は、手招きをして呼び寄せようとした。

うららかな春の昼下がり。お峰は大黒屋の裏庭の井戸端で、遊女の襦袢《じゅばん》を洗濯していた。大きな盥《たらい》に水を張り、襦袢を突っ込んでゴシゴシと汚れをこすり取っていたのである。

お峰は立ち上がると前掛けで濡れた手を拭き、襷《たすき》を解いて板塀に近づいた。

大黒屋は吉原でも有数の大見世だが、しょせん吉原は虚構の町。表向きの店構えは御殿のように立派で艶《あで》やかだが、裏庭に回れば荒《すさ》んだ素顔をさらけ出す。風雨に晒《さら》された板塀が、壊れた部分も直されないままに放置されていたのであった。

その板塀の割れた部分から、遊女が目玉と片手を出していた。

「お峰さん、例の旦《だん》つくとの話は、つけてきてくれたかねぇ」

年増の遊女が年甲斐《としがい》もなく、泣きだしそうな声を出している。白粉《おしろい》焼けで傷んだ肌は、太陽の下では老女のように染みだらけだ。

お峰は努めて明るい声で答えた。

「あいよ。あんたから騙《だま》し取ったお足はこの通りサ。詫び証文も一筆書かせたから心配いらないよ」

お峰は懐から金子《きんす》と証文を引っ張りだした。

「ほ、本当かい」

遊女は甲高い声をあげながらも、まだ、半信半疑の顔つきだ。お峰に金と証文を手渡されて、ようやく、満面に笑みを浮かべた。

「ああ本当だ。あたしのお足だ。これで女郎を辞めても生きていけるよ」

慎ましく溜め込んだ金を残らず、間夫《まぶ》と信じた男に騙し取られてしまったのだ。

吉原の遊女の人生は悲しくも切ない。間夫がいないと、生きる希望すらなくなってしまう。まして、年季明け間際の年増女郎なら尚更だ。吉原から出ることを許されても女一人では生きていけない。所帯を持ってくれる男を必死で探そうとする。

小悪党にとってはそこが付け目だ。遊女に巧みに言い寄って、有り金だけを奪って消える、などという詐欺師が大勢暗躍していた。

遊女は吉原の外には出られないから、男に金を持ち逃げされたら対処できない。そこで、吉原で働く女人ながら、吉原の大門を自由に出入りできるお峰に相談を持ちかけたのである。

ちなみに吉原には女髪結いなど、大勢の女たちが働いている。彼女たちは鑑札を持って大門を出入りしている。

お峰は、この吉原の中に大勢の味方を作っておこうと目論《もくろ》んでいた。八巻を倒すためには周到な準備が必要だからだ。

(なにしろ八巻の正体は、江戸一番の札差、三国屋の卯之吉……)

同心の身分とありあまる財力にものを言わせて難事件を解決してきたのに違いない。

(荒海ノ三右衛門一家も、金で雇っているのに違いないね)

三右衛門の気性を知らないお峰はそう考えている。

(しかし八巻は、この吉原では丸裸になる)

三右衛門一家は吉原には入ってくることができない。水谷弥五郎《みずたにやごろう》という用心棒も常に八巻に張りついているわけではない。八巻、すなわち卯之吉は、たった一人で女の園に踏み込んでくるのだ。

(吉原の女たちを味方につければ、八巻に勝てる……!)

そう考えたお峰は、弱い立場の女たちに自分の力を貸してきた。外見こそ柳腰のお峰だが、その実態は裏社会でもそれと知られた殺し屋だ。寸借詐欺師などひと睨《にら》みしただけで震え上がらせることができる。

お峰の悪巧みは功を奏して、最近では「大黒屋のお峰姐《ねえ》さん」と呼ばれて遊女たちからなにかと頼りにされている。骨惜しみもせずに力を貸して、頼まれ事を首尾よく果たしてきたので、その名声は上がる一方だ。

しかも、お峰の評判は、吉原の男たち、妓楼の主や牛太郎《ぎゅうたろう》、四郎兵衛《しろべえ》番所の男衆などにはけっして伝わらないのである。吉原の男たちは、基本的に遊女の敵だ。遊女たちはそう実感している。だから大黒屋にお峰という頼りがいのある女丈夫がいることを秘密にしている。吉原の男たちにお峰の存在が知られたら、たちまちのうちに追い払われてしまうこととなるのが分かりきっていたからだ。

かくしてお峰はこの吉原に大きな網を張ることに成功した。あとは八巻がかかるのを待つばかり。お峰の張った網にかかった八巻は、お峰の手元に手繰《たぐ》り寄せられ、その咽頭《のどくび》を掻かれることになるのだ。

お峰は、汚れた洗濯水を捨てるために表に出た。手には大きな桶を抱えている。

その時、突然、角から現われた男が、親身な言葉をかけてきた。

「大丈夫かい。姐さん、足元がよろけているじゃないか」

二十代の、ちょっと鯔背《いなせ》な若衆だ。

こんな桶を抱えたぐらいで足元がよろけるほどヤワなお峰ではない。しかしお峰は、男の顔をチラッと覗いて、故意に足元をふらつかせた。

「ほうら言わんこっちゃねぇ。そいつを貸しねぇ」

男は腕を伸ばして桶を支えた。

「ここの溝《どぶ》に捨てるのかい」

男とお峰は、ひとつの桶を二人で抱えて、同時に屈み込んだ。男は桶を傾けて水を流しながら、その水音に紛らせて、小声で話しかけてきた。

「あっしは下谷広小路の山嵬坊親分の手下で、貫吉《かんきち》っていいやす」

「ああ、どっかで見た顔だと思ったさ」

「へい。噂に高《たけ》えお峰姐さんに見覚えてもらっていたとは有り難《がて》ぇ《あ》」

「それでなんだい。下谷広小路の山嵬坊上人が、あたしになにか用事でもあるっていうのかい」

「へい。殺しをお願《ねげ》ぇしたいんで」

「お断りだね。あたしは今、手がふさがってるのさ」

「八巻を殺してほしい、と言ってもですかい」

お峰の顔つきが変わった。と同時に洗濯水がすべて溝に流し込まれた。

お峰は桶を振って滴を切った。

「悪いけどね、大黒屋はあんたの持ち金で遊べる見世じゃないよ」

小声で遣り取りしている様子を誰かに見られているかもしれない。お峰はそう言って誤魔化した。

男はばつが悪そうに苦笑いした。

「じゃあ、どこで遊べばいいですかね」

お峰は言い返した。

「お歯黒溝のお富士《ふじ》ぐらいが丁度だろうさ」

「お歯黒溝のお富士ですかえ。へへっ、お歯黒溝たぁ手厳しいや」

二人はそのまま別れた。

三

深夜、大黒屋を抜け出したお峰は、息をひそめて闇に姿を隠しながら、お歯黒溝へ向かった。

お富士というのは、お歯黒溝の長屋で客を取っている最底辺の遊女であった。油を塗って黄ばんだ障子戸を、お峰はホトホトと叩いた。

お富士がすぐに顔を出した。

「ああ、お峰姐さん。あんたの客だっていうお人が乗り込んできて、難儀していたんだよ」

お富士は最底辺の遊女だけあって、多少、智慧《ちえ》の巡りの悪いところがあった。お峰はお富士に十分な恩を売り、時には小遣い銭まで渡して手懐《てなず》けている。

「すまないね。これで煮物でも食べておいで」

一晩飲食するには十分な小銭を握らせると、お富士の顔つきが途端に変わった。

「うん。そうさせてもらうよ。それじゃ、ごゆっくり」

お富士が煮売り屋の方に向かったのを見届けてから、お富士の仕事場でもある長屋に踏み込んだ。

十徳《じっとく》羽織を着け、坊主頭に宗匠《そうしょう》頭巾を被った男が暗がりの中に座っていた。一目見るなりお峰は、その男が山嵬坊であると見抜いた。

さすがの悪僧も僧侶の姿で吉原には乗り込んでこれなかったものと見える。医者か風流人に見えるように変装しているのであるが、どこからどう見ても極悪な面相のこの男に、知識人や芸術家の格好は不似合いであった。

山嵬坊の横には少しの距離を空けて陰気な顔つきの武士が座っていた。頬の落ち窪んだ顔色の悪い男だ。江戸の流行《はや》りとは少し異なる着物を着ている。髷《まげ》の結い方も不格好だ。

（浅葱裏の勤番侍だね）とお峰はこれまた即座に見抜いた。江戸の侍は、特に町方役人などの洒落《しゃれ》者たちは、腕の良い髪結いに髷を結わせる。一方、田舎大名の勤番侍たちは、屋敷の中で互いに髷を結いあっている。素人の、それも武士が結う髷だからどうしても無骨な格好になってしまうのだ。

もっとも、戦国時代の武士は戦場で互いに髷を結いあっていたのであるから、江戸の武士たちの風儀の方が堕落であると言えなくもない。

とにもかくにも無骨な田舎侍が陰気な顔つきで座っている。(どうやらこのお侍が、依頼の筋であるらしいね)とお峰は推察した。

山嵬坊がお峰を繁々と見つめて、不気味に頬を弛《ゆる》めた。

「お前がお峰さんかえ。噂は耳にしているよ。夜霧ノ治郎兵衛親分は残念なことをした。まぁ、お入り」

「あい。御免下さいましよ」

お峰は長屋に上がり込むと、入り口近くに両膝を揃えて座った。江戸は身分社会であるから、身分が異なる場合、同じ床面に座ることはできない。本来ならお峰は侍に遠慮して土間で土下座をしなければならない。山嵬坊ですら、侍と同じ畳に腰を下ろすことは許されないのだが、そこは吉原。そして悪党どもだ。

お峰は深々と低頭した。

「下谷広小路の山嵬坊様とお見受けいたします。あたしがお訊ねの、峰にございます」

山嵬坊は「うむ」と頷いて、それから田舎侍にチラリと横目を向けた。

「この女が、南町の八巻をつけ狙っている女悪党でございますさぁ。で、どうしますね。一切合切、打ち明けやすかい?」

武士はしばらく悩んでいる様子だった。役目とはいえ栄えある武士が、どうしてこんな小悪党どもと手を組まねばならぬのか、と悩み、絶望している顔つきだ。

だが、ようやく吹っ切った様子で顔を上げた。

「お峰とやら。拙者は薄田半次郎と申す。西国の、とある大名家に仕える者だ」

「西国の、とあるお大名の御家中様？」

「うむ。故あって詳しくは明かせぬ。察してくれぃ」

「それならば無用の詮索は控えさせていただきますが……、そのお大名様が、あたしなんぞにいったいどういうご用がおありなので」

「左様。薄々察してはおろうが、わが家中は今、少々困ったことになっておる。南町の八巻に目をつけられ、のみならず手まで突っ込まれて掻き回されておるのだ」

「それは大変なことになりましたね」お峰はシレッとした顔で答えた。

「あの八巻は、千代田のお城のお偉方まで籠絡《ろうらく》している曲者《くせもの》でございますから、一筋縄ではいきますまいよ」

「うむ。我らもそれゆえに案じておるのだ」

「それで？　ご老中様まで味方につけた八巻を、この小悪党の女狐にどうしろと仰《おつしや》るのでございましょう」

「うぬが八巻に恨み骨髄、八巻の命をつけ狙っていることは、ここな山嵬坊より聞かされた。今、江戸で八巻に楯突く気骨のある者は、そなたを置いて他に無し、という話を聞かされたのだ」

「ずいぶんな買いかぶりでございますねぇ」

「ともあれ、わが家中は八巻を退けねばならぬ。だが、我らは見ての通りの田舎者。江戸にも不案内な田舎大名の家中だ」

「江戸の町を仕切っているのは、南北の町奉行所の役人ども……。なかでも八巻は一段と手強わいのでございますよ」

「わかっておる。わかっておるからこそ、その方の手を借りたいのだ。是非とも、手を貸してはくれぬか」

　横から山嵬坊も口添えしてきた。

「お前《め》ぇさんの手際を危ぶんでいるわけじゃねぇ。しかし八巻はこれまでに、何人もの大物をあげてきた辣腕《らつわん》同心だ。女悪党一人の手にゃあ余ることだってあるだろう。どうだね、お大名と手を組むってのは。悪い話じゃねぇと拙僧は考えるがね」

（たしかに悪い話じゃないね）とお峰も思った。大名家ならば多少の支度金は用意してきているのであろうし、首尾よく八巻を仕留めたあかつきには、礼金だってせしめることができるはずだ。

（だけどねぇ……）

お峰は半次郎に訊ねた。

「そちら様には、期日、というものがおありなんじゃございませんかえ」

いついつまでに八巻を仕留めてくれ――という話になったら面倒だ。お峰は、八巻、すなわち三国屋の卯之吉を暗殺するには、十分すぎる以上の、周到な準備が必要だと考えている。八巻に敗れた悪党たちは、拙速に八巻に勝負を挑みすぎたから、三国屋を背景にした八巻の財力に絡み取られてしまったのだ、と考えていた。

お峰は今、着々と八巻、否、卯之吉の外堀を埋めにかかっている最中だ。その準備が整うまでは、迂闊《うかつ》に仕掛けられないと感じていた。

「うむ……」

薄田半次郎が苦々しげな顔つきになった。

「殿がお国入りするのは、今年の四月のこと……」

　大名行列を組んで国許に帰る、という意味だな、とお峰は察した。

　大名たちは旧暦の四月（現在の五月下旬頃）に一斉に参勤交代の大移動をする。

　半次郎は続けた。

「その時までに、始末をつけてもらいたい」

「始末をつけないと、どうなってしまうんですかえ？」

「我が殿は、お国入りの際に、吉原の……」

「この吉原の？　なんですかえ」

「吉原随一の花魁、菊野太夫を身請けして、国許に御側室として連れ帰ろうという御所存なのだ」

「なんだって……」

　お峰は絶句した。

（つまりは恋の鞘当てってことかえ）

　同心の八巻こと三国屋の卯之吉が、吉原で贔屓《ひいき》にしているのは菊野太夫だ。

（そのお大名、菊野を横からかっ攫《さら》おうとして、八巻の恨みを買ったってことか

え)

それはちょっと腑に落ちない、とお峰は感じた。お峰が観察している八巻は、そんな卑怯《ひきょう》未練な男ではない。

「なんだか、よく見えてこない話ですねぇ」

薄田半次郎に向かって直截《ちょくせつ》に言うと、半次郎も「さもありなん」と頷いた。

「順を追って話そう。その方も知ってのとおり、花魁の身請けには、莫大な金がかかる」

「菊野太夫の身請け話となれば、そちらさまは二千両は御用意なされなければなりますまいねぇ」

「その通りだ」

「そんな大金、御用意できるものなのですかねぇ」

「できぬこともない」

薄田半次郎はなぜか少し誇らしげに言い放った。しかしすぐに、「だが」と言い直した。

「その二千両も、元はといえば領民からの年貢や運上金だ。たかが遊女のひとりを身請けするために、二千両もの大金を費やすなど、あってはならないことなのだ」

　同じ吉原で暮らす女人として〝たかが遊女〟呼ばわりは不愉快だったが、年貢を納める領民たちの身になってみれば、確かにその通りではあろう。

「諸物価高騰のみぎり、無益な散財はあってはならぬ」

「お殿様のなされることに、御家臣がケチをつけなさるのですかぇ」

「殿のなされることだからこそ、我らは身を挺してでもこの話を頓挫させねばならないのだ。考えてもみよ。殿が吉原の花魁を身請けなどなされたら、その噂は必ず柳営《りゅうえい》の御重役様方の耳にまで届く」

　柳営とは幕府のことだ。玉御崎藩のような外様大名の動向には、常に目を光らせている。

「このような馬鹿げたことで我が殿が、柳営よりお咎《とが》めを受けるようなことになってはかなわぬ。また、『あの藩には余計な金があるようだ』などと勘繰られて、大がかりな普請を命じられては、もっともっとかなわぬのだ」

　幕府は大名たちに対して、河川改修や街道の整備など、様々な普請（公共事業）を命じる。確かに日本のためには必要な工事なのだが、その工事にかかる費用はすべて、命じられた大名家が自腹を切らねばならない。「川内家には吉原の太夫を身請けするだけの金があるのだから」などと皮肉を浴びせられたうえに、大がかりな普請を命じられたりしたら大変なのだ。

「かような次第で、我らはなんとしてでも、菊野のお国入りを未然に防がねばならぬ。身請け話もなかったことにせねばならぬのだ」

それなら、懇々《こんこん》と言い聞かせて、殿様を改心させればいいのではないか、とお峰は思ったのだが、しかし良く考えてみれば、家臣の諌言《かんげん》をうけて身持ちを改めるような男であるなら最初から、花魁の身請けなど考えないわけだ。

(このお侍も辛いところだねぇ)とお峰は、皮肉半分、半分は親身になって同情した。

「しかし、そのお話と、南町の八巻とに、いったいどういう繋がりがあるんですかえ」

「うむ。それだ。我が殿は、一度こうと決めたら梃子《てこ》でも動かぬ御性分でな」

それは〝ものは言い様〟というやつで、要するにただの分からず屋なのだろう、とお峰は思った。

半次郎はお峰の不遜《ふそん》な感想には気づく様子もなく続けた。

「我が殿を翻意させるのは難しい。となれば我らは、荒療治に打って出ねばならぬ」

「いったい、何をなさろうというおつもりですかえ」

薄田半次郎は「うむ」とひとつ唸《うな》ってから、自分たちの秘策をお峰に語って聞かせた。

「それは……」

聞き終わったお峰は、少し呆《あき》れ顔になった。半次郎も微妙な顔つきで首を横に振る。

「……児戯にも等しいと思うであろう。だが、あの殿には存外、このような策が有効なのだ」

「ふーん。そこに八巻が飛び込んで来たら厄介《やっかい》だ、と、そうお考えなのですかえ」

「そういうことだ。彼《か》の者ならば、我らの策を易々《やすやす》と見抜くであろう」

八巻じゃなくても見抜けそうなものだが、とお峰は考えたが、その馬鹿殿だけを騙し通すことができれば、それで秘策は成就するのであろう。

「どうじゃな、お峰とやら。我らに力を貸してはくれぬか。そのうえで出来得ることなら八巻を討ち取ってもらいたい。それができぬのであればせめて、彼の者が我らの家中に口出しできぬようにしてほしいのだ」

お峰は思案した。

（このお大名がどうなろうと、あたしの知ったことじゃないけどね……）

八巻の武器はなんといっても荒海ノ三右衛門一家とその子分どもだ。そして剣客浪人の水谷弥五郎だ。

（ヤッらは大名屋敷には入っていけないだろうねぇ）

吉原と同様に、八巻は無防備な姿をさらすことになる。

味方につけるなら、吉原の遊女よりは、大名屋敷の家臣たちの方が心強い。

（八巻を始末する好機かもしれない）

と、お峰は考えた。

四

夜、川内美濃守は、妙な息苦しさを感じて目を覚ました。

今日に限って寝付きが悪い。深い眠りに就くことができず、夢現《ゆめうつつ》の状態で何度も寝返りを打った。頭の中で何か不気味なものがうねっている。そんな心地がした。

美濃守は江戸上屋敷の中奥で寝ている。上屋敷の御殿は、表御殿（政庁）と奥御殿（大名とその家族の住居）とに分けられているのであるが、美濃守と奥方との仲は良くない。他でもない、美濃守が吉原遊興などに耽《ふけ》っているからだ。

奥御殿の主人は実質的には奥方である。そこで美濃守は仕方なく、奥と表の間にある、中奥と呼ばれる屋敷で寝起きしていた。吉原から帰って来た際にも、中奥の方がなにかと出入りに都合がよかった、ということもある。

美濃守は夜着をはね除《の》けて上体を起こした。庭の明かりが漏れているのだろうか、障子がぼんやりと明るく見えた。

美濃守は汗を指で拭った。額にはジットリと寝汗が滲《にじ》んでいる。

「これ、誰かおらぬか」

美濃守は下の座敷に声をかけた。だが、誰からの返事もかえってはこなかった。

変だ、と美濃守は思った。寝所の周囲には、必ず、宿直《とのい》の者が詰めているはずだ。呼んでも誰もやってこない、というのは異常である。

美濃守は無言で立ち上がった。障子に手をかけて開け放った。

「むっ……」

そこで美濃守は、またしてもあり得ない光景を目撃した。夜の庭の灯籠《とうろう》に明かりが灯《とも》っている。闇の中にぼんやりと浮かび上がる庭の景色を目撃したのだ。

（なぜ、雨戸が開け放たれておるのだ！）

大名の寝所の雨戸が夜中に開いている。不用心極まる話だ。しかも入り側（畳廊下）に座しているはずの宿直の姿がない。もし、曲者が忍び込んできたらどうなるのか。易々と寝首を掻かれてしまうではないか。

怒りで頭に血が上って、眠気がいっぺんに覚めた。（この不手際、いかに咎めてくれようか）と思案しながら、家臣の姿を求めて表御殿のほうに歩いていこうとしたその時、静々と足音を忍ばせて、白い足袋を擦りながら、一人の侍女がやってきた。

「これ」

美濃守は侍女を呼び止めた。侍女は殿様の存在に気づいたのか、その場に平伏して面を伏せた。美濃守は侍女の許に歩み寄った。

「宿直の者どもは如何《いかが》いたしたのじゃ！ それに、なにゆえ雨戸が開いておる」

侍女は畏《おそ》れ入ったようすで面を伏せたまま、捗々《はかばか》しい返事も返してこない。美濃守は焦《じ》れた。

「ええい、なんとか申せ！」

侍女は、ようやく、か細い声を絞り出して答えた。

「あい……。宿直の方々、皆、恐れて逃げ散ってしまいましてございまする」

「恐れて逃げた？」

何を言っているのかさっぱり理解できずに、美濃守は侍女の髷を見つめた。顔は廊下につくほどに伏せられているので見えない。黒い髪の髷が薄闇の中でさらに黒々と見える。なにやら不気味に感じられなくもない。

「いったい何を恐れて逃げたと申すのだ」

「あい」

「あい、では、わからぬ！」

「あい。あれ、ちょうどお庭に……」

と、侍女が白い指先をスッと伸ばして、庭の方を指差した。

釣られて目を向け、美濃守はギョッとなった。

「あ、あれは……！」

闇の中に、五本の磔《はりつけ》柱《ばしら》が立っている。美濃守は「ばかな」と呻《うめ》いて目を擦った。

ここは大名家の上屋敷。しかも江戸の市中である。どうして磔柱などという、不吉で汚らわしい物が立っているのか。

しかも、それらの磔柱は、闇の中でボンヤリと、青い光を放っているように見えるのだ。

木の柱が光る、などということは考えられない。つまりあの柱はこの世の物ではないということだ。美濃守は戦慄《せんりつ》した。

「な、なんなのだ！　あの磔柱は——」

侍女に目を向けると、侍女は面を伏せたまま、答えた。

「ゴギミンサマの怨霊《おんりょう》にございましょう」

「ゴギミンサマだと！」

「領主の悪政と重い年貢に苦しめられ、我が身を犠牲にして大公儀に訴え出た義民の霊にございまする」

「たわけが！　民百姓を苦しめたのは先の領主ではないか。化けて出てくる屋敷を間違えておるわ！」

「いいえ」侍女は顔を伏せたまま言葉を返してきた。

「ゴギミンサマは玉御崎の守り神……。玉御崎の百姓を苦しめる悪政が蔓延《はびこ》るならば、その領主の前に姿を現わしまする」

「ばかな！　余が領民を苦しめる暗君だとでも申すつもりか！」

と、その時、庭の暗闇から、いかにも苦しげな声が響いてきた。

「口惜しやぁ～。うらめしやぁ～」

美濃守はさらに愕然《がくぜん》として目を向けた。そして「ひいっ」と悲鳴を上げてその場にストンと腰を落とした。

先ほどまでは磔柱が立っていただけだったのに（それでも十分に異常だが）、今度はその柱に五人の義民が磔になっていたのである。両手を横棒に縛りつけられ、ザンバラ髪を振り乱した怨霊たちが、いかにも恨みがましい目で美濃守を睨みつけてきた。

「口惜しやぁ～。よくも我が子孫を苦しめてくれたなぁ～」

「よくも重い取り立てで百姓どもを泣かせてくれおったなぁ～」

「許さぬぞ～」

五人の怨霊たちが競い合うようにして恨み事を言ってくる。しかもその声音ときたら、地の底から響いてくるような不気味さなのだ。

五人の怨霊も青緑色の燐光《りんこう》を発している。人の姿をしているが、人間としての実体を備えているようには見えない。

美濃守は恐怖に駆られて後ずさりしようとしたが、抜けてしまった腰には力が入らない。仕方なく腕だけ振り回した。

「ま、待て！　まずは余の話を聞け！　余は、けっしてそなたらの子孫を責め苛《さいな》んだりはしておらぬ！　年貢の率を上げた覚えもない！　いや、それでも年貢が重いと申すならいたしかたないが、だとしたらなにゆえ今頃になって物申しにまいったのだ！　余の先代の時にでも来ればよかったであろうに！」

美濃守は急いで四つん這《ば》いになると、畳廊下に面を伏せたままの侍女に向かって必死で這い寄った。

「これッ、そなた！　表御殿の勤番を呼んで参るのだ！　否！　余を置いていくな！　余も一緒に参る！」

叫びながら侍女の肩に手を伸ばそうとした瞬間、侍女が初めて、面を上げた。

「ヒィィ——ッ！」

その顔を見た瞬間、美濃守は完全に失神した。

畳廊下を荒々しく蹴立てて、家老の上田萬太夫が走ってきた。

「殿ッ、殿ッ、お気を確かに！」

廊下に倒れ伏していた美濃守を抱き起こして揺さぶる。美濃守はようやく、息を吹き返した。その有り様を盛本右馬之介たち、数名の勤番侍たちが取り囲んで見守っている。

「おお、おお、萬太夫！　よくぞ参った！」

萬太夫の丸く肥えた身体にしがみついて、美濃守は全身を激しく震わせた。

「いったい、如何なされましたか」

萬太夫が聞くと、美濃守は血の気の引いた顔を震わせ、目を血走らせて指を伸ばした。

「に、庭に！　庭に！」

と、指で示したのだが、雨戸はすべて閉ざされている。庭の様子などまったく見えない。萬太夫と勤番侍たちは、一斉に不可解そうな顔をした。

いちばん困惑したのは美濃守本人だ。

「庭に、怨霊どもがおったのだ……」

萬太夫は勤番侍たちに目を向けた。

「そのほうども宿直の者たちは、なにをしておったのだ」

盛本右馬之介が大きな体軀《たいく》を窮屈そうに屈めて、答えた。

「我らは何も見聞きいたしてはおりませぬ」

美濃守は血相を変えて難詰した。

「そのほうども！　宿直の役目を放り出し、いずこへ行っておったのだ！」

勤番侍たちは、ますます不審の顔つきになって、互いに顔を見合わせたりした。

盛本右馬之介が代表して答えた。

「我らは下の座敷と、入り側の四隅に詰めており申した」

萬太夫が確かめた。

「まことじゃな」

右馬之介は萬太夫のほうに少し向き直って、畳廊下に両手をついた。

「嘘などは申しておりませぬ」

「いったい何があったのだ。申してみよ」

「ハッ、殿は安らかに御就寝でございましたが、九ッ（午前零時）を過ぎた頃、悪い夢を御覧あそばされましたのか、うめき声をあげられはじめまして……。我ら、お起こしするべきかと思案しておりましたところ、突如、殿が障子戸を蹴立

ておいでになり、一声、叫ばれると、また、お倒れになられたのでございます
る」

「ゆっ、夢などではないッ！　余は、この目で見たのだ！」

目を剝《む》いて必死に訴える美濃守を、萬太夫たちは微妙な顔つきで見守った。

誰かの呟きが大きく聞こえた。

「殿は御乱心あそばされた」

気が立っている者に特有の過敏さで、美濃守は鋭く聞き分けた。

「乱心などしておらぬ！」

声のした方を睨みつけたが、廊下は暗く、誰が言ったのか見極めることはできない。

そこへ、静々と衣擦《きぬず》れの音を立てながら、奥御殿から美濃守の奥方、楓《かえで》ノ方《かた》がやってきた。

「何事ですか、騒々しい」

楓ノ方は大名家の姫君として育ち、この川内家に嫁入りした女人だ。生まれも育ちも完璧な貴婦人である。侍女たちを従えて凜然《りんぜん》と立つ姿には神々しいほどの気品が感じられた。

勤番侍たちは、廊下で腰を抜かしたままの美濃守を無視するようにして、楓ノ方に向き直って平伏した。

楓ノ方は冷たい目つきで、一同の者を一通り見渡した。

「この夜更けにこの騒動。いったい何事が起こりましたか。事と次第によっては、我が実家へ訴えねばなりませぬぞえ」

大名家の奥方は実家の大名家の権威を背負っているだけに偉い。ちなみにかつての日本は夫婦別姓、つまり妻はいつまでも実家側の人間だと目されていた。例えば源《みなもとのよりとも》頼朝の妻は死ぬまで北条政子《ほうじょうまさこ》のままであり、実家の北条家を鎌倉幕府の執権にするために暗躍し続けた。武家の妻とは、そういう性格をもった存在なのだ。

萬太夫が答えた。

「殿のお心が乱れ遊ばして、この有り様にございまする」

慇懃《いんぎん》無礼な物言いだ。しかも美濃守を乱心者と決めつけている。

「乱心などしておらぬ！」

美濃守は目を血走らせて否定したのであるが、その顔つきはますます乱心者にしか見えない。

楓ノ方は、冷やかな眼差しで夫を見おろした。

「なんたる有り様。これでは、我が実家に格別の沙汰を願わねばならぬかもしれませぬなぁ」

川内美濃守が乱心ということになって、妻の実家の大名家が乗り出してくれば、川内家に一波瀾《ひとはらん》起こることは避けられない。

楓ノ方はクルリと踵《きびす》を返すと、長い打掛を引きずり、侍女たちを従えながら、奥御殿へと戻っていく。その後ろ姿を萬太夫たち家臣が、ひたすら低頭して見送った。

五

その頃、失神した美濃守が目を覚ます前に、急いで閉ざされた雨戸の向こうの庭先では──。

「やれ、急げや急げ」

山嵬坊が手下の悪僧や門前町の地回りヤクザたちを使役して、幽霊騒動の仕掛けを片づけ、庭の枝折《しお》り戸から上田萬太夫の屋敷へ移そうとしていた。

美濃守が目撃した幽霊は、すべて、芝居で使う作り物のからくりであったのだ。山嵬坊が仕切る門前町には宮地芝居の小屋もある。芝居の裏方たちの力を借りて、急遽《きゅうきょ》、お化けの仕掛けを作ったのだ。

むろん、こんないかがわしい仕掛けを大名屋敷に持ち込むのは難しい。仕掛けは上田萬太夫の屋敷で作られて、納屋に隠されていた。萬太夫の屋敷は御殿の庭と境界を接しているので、仕掛けを設置したり、運び出すのにうってつけであったのだ。

「それにしても侍どもめ、質《たち》が悪いぜ。みんなで示し合わせてご主君様を騙すなんてなぁ」

山嵬坊が思わず吐き捨てると、悪党どもの働きを検分していた薄田半次郎が険しい口調で咎めた。

「言うな。すべては川内家の家名と、領民を護るためなのだ」

この当時の武士の忠義は、大名個人へではなく、大名家そのものに向けられている。忠義の対象である御家にとって不都合な殿様であるのなら、その殿様を排除することも厭《いと》わない。それが忠義だと信じられていたのだ。

「へいへい。拙僧どもは、これでご褒美《ほうび》を頂戴できるなら、文句は申しません」

半次郎は頷いた。

「殿は思いの外、怯《おび》えておられた。首尾よく事が運んでおる。そのほうどもの働きには満足いたしておるぞ」

「へい」と山嵬坊は愛想笑いで頭を下げたが、すぐに顔つきを元に戻した。

「ですがね。こんな小細工、あの八巻が乗り込んできやがったら、すぐに見抜かれやすぜ」

半次郎は「フン」と鼻を鳴らした。

「そのために、お峰を雇ったのだ。お峰、必ずや八巻を討ち取ってくれ。期待しておるぞ」

お峰は顔をこちらに向けた。その顔が半分腐り落ちかけている。

炊いた米を練って作った糊に、顔料などを混ぜて作った幽霊の顔だ。実に良くできている。美濃守が一目見るなり失神したのも頷けた。

山嵬坊も苦々しげな顔をした。

「おい、はやくそいつを取りねぇ。薄ッ気味悪《わり》ぃ」

お峰はニヤリと笑って、顔から糊を引き剝《は》がした。

六

その日の夜、いつものように八丁堀の役宅を抜け出してきた卯之吉が、吉原の大黒屋で酒宴を催していると、

「おい卯之さん、ちょっとばかり面倒な話になったぜ」

着流しを尻端折《しりはしょ》りにして、縮緬《ちりめん》の襦袢をチラリと覗かせた朔太郎が入ってきた。

「これは朔太郎さん、ようこそおいでで。……どうしなすったえ、深刻そうなお顔をなすって。フフフ、いつもの朔太郎さんらしくもないねぇ」

朔太郎が寺社奉行所の大検使だということは重々承知していたが、卯之吉は馴れ馴れしく軽口を叩いた。

朔太郎は断りもなく座を作ると、ドッカリと大胡座《あぐら》をかいた。

「そう言うねぇ。オイラだってたまにゃあ、真面目なツラつきをすることもあらぁな」

すかさず遊女たちが朔太郎の左右に侍《はべ》る。一人が朱塗りの大盃を渡して、もう一人が酒を注いだ。

朔太郎も吉原ではそれと知られた遊び人だ。寺社奉行所の大検使という役目は、寺社やその門前町からの付け届けで懐具合が豊かであるらしい。卯之吉ほどではないにせよ、金を十分に撒《ま》いているので遊女たちの愛想も良かった。

朔太郎はグビリと酒を呷《あお》って唇と舌を湿らせた。

「おや、卯之さん、酒を替えたね？」

「ええ。まぁ。下り酒を運んだ回船が、嵐で難破して、半月ばかり海の上を漂っていたって聞いたもので」

「それで」

「半月も大波に揺られていたので、樽の木の香が酒に移って、たいそう珍しい味わいだ、というのでね。取り寄せてみたのですよ」

こういう珍品を争って買い求めるのが江戸の通人たちであった。当然、値つけは天井知らずであっただろうが、それを難なく競り落とすのが卯之吉という男だ。難破した回船の船乗りたちも、思わぬ収入にありついたことだろう。

「それはさておき、いったいなんのお話でしたかぇ」

「そうそう。卯之さんの御贔屓の川内家だけどな。ちっとばかし、面妖《めんよう》なことになっちまってるようだぜ」

朔太郎は遊女たちを下がらせた。遊女には聞かせられない話をするつもりらしい。

「面妖？　と、仰いますと？」

「ああ、例の、ゴギミンサマの怨霊だけどな。川内家の大名行列についてきたのか、それとも新たに願いの筋があって江戸まで直訴をしにきたのか、川内家の上屋敷に、居ついちまったようなんだぜ」

「えぇっ」

「どうしたい？　急に顔色を変えやがって」

卯之吉はそわそわと落ち着きなく、何度も居住まいを変えた。

「あたしはねぇ、子供の頃からお化けってヤツが、どうにも苦手なんですよ」

「ええ？」

朔太郎は眉間に皺《しわ》を寄せた。

「この前は、平気な顔で化け物騒動の謎解きをして見せたじゃねぇか」

「あの時はお化けの仕業だなんて、これっぽっちも思わなかったですから。お化けなんかいないって請け合ったのは朔太郎さんでしょうに」

「腑分けで首を切り落とした、なんて話を嬉しそうにしてたじゃねぇか」

「腑分けの死体は、人様の骸《むくろ》でしょうに。あれはお化けなんかじゃないですよ」

その神経が朔太郎にはよく分からない。

「マァ、なんだ。その話は置いておいてだな、今度だって化け物の仕業かどうかはわからねぇよ」

「そうなんですかね。朔太郎さんにそう言ってもらえて、少しばかり気が強くなってきましたよ」

「とにかく、面倒なことになってるらしいや」

「あたしの耳には届いていないですけどね」

江戸の酔狂者たちは、くだらない噂話が大好きだ。卯之吉の酔狂仲間の交際範囲は広い。しかし一人も、川内家上屋敷の怪談について語った者はいなかった。

「そりゃあそうだぜ。義民ってのは直訴状を掲げた百姓だ。大名屋敷に義民の幽霊が出るなんて話は、けっして名誉なことじゃねぇ。川内家では噂が外に漏れないように気を配っているはずだからな」

「どうして朔太郎さんがそんな話をご存じなんですね」

「おいおい、俺の表の顔を知らねぇお前《め》ぇさんじゃねぇだろうに」

「ああ、そうでした」

「川内家の菩提寺の坊主がな、いたく気に病んでいるんだよ。怨霊に引導を渡して成仏させるのは坊主の役目だからな」

「そうですねぇ」

「こんな噂が間違って世間に広まっちまったら寺の名誉にかかわるってんで、こともあろうに、寺社奉行所によ、ケツを持ち込んできやがったのさ」

「それはご面倒様でございましたねぇ」

卯之吉はまったく他人事と割り切って、いい加減な相槌《あいづち》を打った。

「坊主だってこれが仕事だからな。毎日死体としんねこになっているのに幽霊なんてものにはお目にかかれねぇ。だからな、この騒動には裏があるんじゃねェか、とな、そう考えたってわけよ」

「皆さん、思うところは同じですねぇ」

「怪談だと思って読経していたら、実は怪談にかこつけた御家騒動だった、なんてことになったら坊主の手には負えめぇ」

「なるほど、それで朔太郎さんのところにお鉢が回ってきたわけですね」

「そういうことだ。それで、いたしかたなくこの俺が、坊主のケツ持ちで川内家の門をくぐったと思いなよ」

「それで、どうなったんです」

　朔太郎は「むむ」と唸った。

「あながち、馬鹿にもできねぇ話だな、と思った。前の庄屋の首無し死体の時とは違って、案外本物の幽霊が出たのかも知れねぇ」

　朔太郎が急に声をひそめたので、卯之吉は震え上がってしまった。

「へ、変な冗談は――」

「まぁ聞きねぇ。オイラ、美濃守様の御前に通された。あの殿サンは、この吉原ではご自分と、花魁だけで遊ぶ御方だからな。オイラの顔は知られていなくて、まぁ、それは助かったんだが……」

「どうしなすったえ」

「うむ。美濃守様のお顔の色が大変に優れねぇ。有体に言えば真っ青で、面差しも窶《やつ》れている。……ありゃあ、そうとう幽霊に苛《いじ》められてるってツラつきだぜ」

「や、やめておくれなさいましよ。あたしはもう聞きませんからね、そんな怖い話は」

　卯之吉は両手で耳を押さえて余所《よそ》を向こうとしたが、その腕を朔太郎に取られてグイと引かれた。

「ところがそうは問屋が卸さねぇんだぜ。卯之さんよ、美濃守様はこの怪談話に始末をつけることができるのは卯之さんしかいねぇと思い込んでいなさる。どうでも卯之さんを連れてきてほしいって──」

「な、なんで、そういうお話になるんですね！」

「そりゃお前さん、ゴギミンサマの騒動をすんなり謎解きしちまったりするからだろうよ」

自業自得だ、という顔つきで、朔太郎は答えた。

「あ、あたしは行きませんよ！　そんな恐ろしいお屋敷になんか！」

「それは困る。すでに美濃守様からのご依頼を請けてるんだ」

「勝手に、なんてことをしなさるんです！」

「請け合ったのはオイラじゃねぇ。南町のお奉行様だぜ」

「えっ……」

「明日あたり、彦さんからお前ぇさんのほうに話が行くだろうよ」

卯之吉は真っ青になり、一方の朔太郎はニヤニヤと笑った。

「お奉行様からのご命令じゃ、断れめぇ。ヒヒヒ。どうする卯之さん」

卯之吉は唇をワナワナと震わせた。

「朔太郎さん……」

「なんだえ」

「同心ってのは、どうすれば廃業できるんでしょうかね……?」

七

「お化け屋敷だと?」

美鈴は真剣をビュンビュンと音を立てて振り回しながら聞き返した。

「なんの話だ。馬鹿馬鹿しい」

卯之吉の屋敷の庭で素振りと型稽古に励んでいる。元々男勝りな娘であるが、抜き身の刀を握るとなおさら顔つきが引き締まり、眼光が鋭くなる。声音も低くなって口調にも殺気がこもるのだ。

縁側に正座した銀八は、恐怖に首をすくめながら告げた。

「ええ、ですから、先日お呼ばれした川内のお殿様のお屋敷に、幽霊が出るってぇ話なんでげす」

「季節に合わぬ。まだ春だ」

「いや、お芝居や寄席の怪談ではなくて、本当の話なんで、季節にはお構いなしなんでげす」

「ふん」

「それでまぁ、うちの若旦那は美濃守様のお気に入りでござんしょう？　どうやら、お力をお貸しすることになった――ということのようなんでげすよ」

「南町奉行所も、ずいぶんと暇を持て余しているようだな」

いや、他の同心様はみんな忙しく働いていらっしゃるんでげすが、うちの若旦那だけが暇なんです。と言おうかと思ったが、銀八は黙っていることにした。

「ところで美鈴様」

「なんだ」

美鈴はパチリと納刀して銀八の方に向き直った。刀を納めると殺気も消えて、少しは年頃の娘らしい、まろやかな面差しになった。

銀八は意味ありげに薄笑いを浮かべた。

「こいつはもしかしたら、願ってもない好機かもしれないでげすよ」

「好機？　いったいなんの話？」

「へい、ですから……」銀八は太鼓持ちの本性をさらけ出して下品に笑った。

「お化け屋敷に乗り込んだらですね、美鈴様のような娘様は、きっと怖くてたまらなくなりましょう？」

「わたしは、幽霊など恐れはいたさぬ」

「いや、そうじゃなくて、世間一般の娘さんたちは——という話で」

「そうかもしれないけど……」

「そこでですね、幽霊の正体見たり枯れ尾花《おばな》でですね、枯れた尾花でも見た時に、『きゃあ怖い！』などと悲鳴を上げて飛びつけば、ウヒヒ、美鈴様、若旦那に抱きつく言い訳が立ちますでげすよ」

美鈴は顔を真っ赤にさせた。

「なっ、なにを言うの！」

「ですからね、そう肩肘張らずに、ここは素直に、『キャッ、怖い』と一声叫んで若旦那の腕の中に飛び込んで行かれれば、自然とこう、身体と身体とが……」

「ムムム……」

美鈴は真っ赤になって唸っていたが、やがて、恥ずかしそうに言った。

「キャッ、怖い。……こ、こう？」

「それじゃまったく真実味がねぇでげすよ。『キャッ、怖いぃぃ！』……こんな感じでお願《ねげ》ぇしやす」

「そんな、女形《おやま》のような物言いは、できぬ」

「女形じゃなくて、美鈴様は正真正銘の娘様なんでげすから」

美鈴は何度か咳払いしてから、覚悟を固めた様子で背筋を伸ばした。

「キャッ、怖いぃぃ！……これでどう？」

「さっきよりはずっと良くなったでげすよ」

実は、良くなったなどとはまったく思っていなかったのだが、そこは幇間《ほうかん》。心にもないお追従《ついしょう》を口にした。

「そう？　ええと。……キャッ、怖いぃぃ！　よし、この呼吸を忘れないようにしないと」

「へいへい」

「幽霊が出てきたら、こう叫んで、旦那様の腕の中に、飛び込んで行けば良いのね？」

「へいへい」

と頷きながら銀八は、本当に幽霊が出てきたら、美鈴は反射的に腰の刀を鞘走らせて、幽霊に斬りかかっていくことだろう、と確信していた。

第四章　卯之吉捕わる

一

「きゃあ！」

若い娘の悲鳴が聞こえた。川内美濃守の正室、楓ノ方は、切れ長の冷たい眼差しを向けた。

川内家上屋敷の奥御殿の、楓ノ方の御対面座敷。うららかな午後の陽差しが障子を照らしている。その裏方の台所の方から、なにやら不穏な騒ぎが聞こえてきたのだ。

楓ノ方の正面には、川内家江戸家老、上田萬太夫が座している。奥御殿は男子禁制だが、御対面座敷には入ることができる。奥方と対面して、そのご意向を伺わないことには藩政が成り立たないからだ。

萬太夫も訝《いぶか》しげに聞き耳を立てていた。騒ぎはいっこうに止む気配がない。御対面座敷は奥御殿でも、表向きに近い所に作られている。時には呉服商人などを引見することもあるので、台所口にも近い。台所の騒動などは筒抜けだ。楓ノ方は眉間にわずかに、皺《しわ》を寄せた。

楓ノ方は何も言わなかったが、その意を察した侍女がスッと腰を上げて台所へ向かった。

「何事か。騒々しい」

叱責すると、下女たちが慌てて平伏した――そんな気配が御対面座敷にまで伝わってきた。

「へい、お梅《うめ》が、幽霊を見たなどと言うものですから」

下女の取締り役らしい老婆の声が聞こえた。続いてお梅が、

「本当です！　見たんです！　あの、物置の陰に恨めしそうな男の顔が……」などと叫んだ。

「馬鹿馬鹿しい。猫でも見間違えたのであろう。お梅とやら、ここは武家の屋敷ぞ。軽々に騒ぎ立てることはまかりならぬ。腹の据わらない者はいつでも去って

もらう。良いな!」

ピシャリと叱りつけて、台所の騒動を無理やり鎮めると、侍女は御対面座敷に戻ってきた。

侍女が座るのを待ってから、萬太夫は口を開いた。

「上屋敷中が、騒然としてまいりましたな」

楓ノ方は冷たい無表情のまま、わずかに顎を引いて頷いた。

「我らの策が功を奏した、ということじゃ」

国許で発生したゴギミンサマの騒動は、楓ノ方や萬太夫の耳にも届いた。

二人は、玉御崎藩に伝わるゴギミンサマの伝承を使って、美濃守の散財を戒めようと思いついたのだ。

国許でのゴギミンサマの騒動は解決してしまったが、しかし、五人の義民の魂は不滅である。永遠に玉御崎藩に留まり続けると考えられている。

ゴギミンサマは、藩の悪政を批判するために出現する——と言われている。本物のゴギミンサマが目の前に現われれば(それも作り物なのだが)、美濃守もおのれの愚行を反省するに違いない、とこの二人は考えたのだ。

「今では屋敷の者ども、犬猫の鳴き声にも怯《おび》え、わずかな暗がりをも恐れる有りますいやはや、薬が効きすぎたのでは、と、我ながら恐ろしく思うこともございまする」

楓ノ方は、美しく尖《とが》った鼻梁を「フン」と鳴らした。

「あの阿呆《あほう》には、それぐらいの強い薬を与えてやらねば通じぬわえ」

あの阿呆とは彼女の夫、美濃守のことだ。

萬太夫は諂《へつら》い顔で同意した。

「拙者も『義民の霊を見た』などと殿のお耳に吹きこんでおりまする。さすがの殿も、この騒動が始まりて以降は、我が身の愚行を省みておられるご様子」

「妾《わらわ》も見たと言っておいたぞ。義民の怨霊《おんりょう》に屋敷の中を跋扈《ばっこ》されれば、あの殿でも、愚かしい散財は控えようからの」

「ハハッ。奥方様の深慮遠謀《しんりょうえんぼう》、この萬太夫、感服いたしましてございまする」

「美濃守め。この妾を差し置いて、吉原の遊女なぞを側室に迎えんとするとは。どこまで妾に恥をかかせれば気が済むのか」

「いかにも、仰せの通りにございまする。吉原の太夫《たゆう》を身請けするには、二千両もの金がかかると聞かされたときには、この萬太夫も肝が冷えましてございまする」

「外様の小大名の分際で、江戸市中の噂となるほどの散財をすればどうなるか、それすらわからぬとは、美濃守め。愚かしいにもほどがある」

「はっ……」

自分の仕える家を、外様の小大名の分際呼ばわりされ、萬太夫の表情が微妙に歪《ゆが》んだ。

楓ノ方は、譜代大名から輿入《こしい》れした姫である。外様大名の川内家のことを、実家と比べて格下に見ている。だからこそ、美濃守が菊野太夫を身請けすると聞いて、怒り心頭に発したのだ。

萬太夫は即座に表情を取り繕った。今となっては、美濃守の暴挙から川内家を救うことができるのは、この楓ノ方と、実家の譜代大名だけなのだ。代々続いた川内家を大事と思えばこそ、楓ノ方と結託し、美濃守の暴挙を挫《くじ》かなければならなかったのである。

「ときに萬太夫」

楓ノ方が話題を変えて話しかけてきた。萬太夫は「ハッ」と答えて平伏した。

「萬太夫よ、美濃守は、なにやら、八巻とか申す切れ者を懐に囲いおったようじゃな。妾《わらわ》の耳にも届いておるぞ」

「ハッ、いかにもそのようにございまする」

何気ない口調で答えながらも、萬太夫は、自分の額にジワリと汗が滲《にじ》むのを感じた。

楓ノ方は続ける。

「その八巻とやら、町方同心ながらなかなかの才人。江戸の町人の間では、南北町奉行所一の傑物、などと評されておるそうだな」

たまらず萬太夫は、訊ねた。

「奥方様は、いったい、いずこからそのような噂話をお聞きなされましたか」

「下女どもからじゃ。下女どもは八巻の話でもちきりじゃぞ。……なにやら、江戸三座の役者にも引けをとらぬ美貌であるとか。いや、それは下女どもの埒《らち》もない お喋《しゃべ》りじゃが」

大名屋敷では町人の娘が下働きとして働いている。下女ではあるが、皆、金持ちの商人のお嬢様たちばかりだ。大名屋敷には、そこにしかない文化の伝統がある。町人の娘たちは、奉公を通じて文化や行儀作法を身につけていく。そしてその肩書は、嫁入り先の選定や、嫁入り後の扱いに大きな差となってあらわれる。

「あそこのお内儀さんはお大名様のお屋敷に奉公していなさった」ということに

なれば、店の信用や格式も上がるし、当然、舅《しゅうと》や姑《しゅうとめ》、店の奉公人たちの見る目と待遇も変わるわけだ。

その町娘たちが雀のようにピーチクパーチクと面白おかしく噂話を奥方様に語って聞かせる。大名家の奥方は、身分こそ高いがその暮らしぶりの実態は"籠の鳥"だ。屋敷の外で何が起こっているのかまったく知らない。町娘たちのお喋りを聞くのは良い気晴らしでもあった。

楓ノ方は町娘たちの口から、噂の切れ者同心、八巻卯之吉の話を聞かされたのである。

「町方同心でありながら、江戸でも五指に数えられるほどの剣豪であるとか」

「いかにも、そのように聞き及びまする」

伏せた萬太夫の額に、フッフッと玉の汗が浮かび始めた。楓ノ方は、やはり気づかぬ様子で続けた。

「多くの悪党どもや辻斬りなる者どもを討ち取って、"人斬り同心"なる異名まで奉られておるそうじゃな」

「いかにも、町方同心の分際で、なかなかに侮《あなど》れぬ男にございましょう」

「それでありながら外見は、三座の二枚目看板を張れるほどの容色……」

突然、楓ノ方は、夢見る町娘のような顔つきとなった。

「会《お》ぅてみたいものよのぅ」

「な、ななんと、仰せなさいます！」

萬太夫の額から、一気に汗が噴出した。

「奥方様！　南町の八巻は、我らの企てを挫くために、この上屋敷に乗り込んで参った曲者《くせもの》にございまするぞ！」

楓ノ方は、目を剝《む》き、口角泡を飛ばし、満面汗まみれになった萬太夫の顔に、嫌々ながら向き直った。

「わかっておる。じゃが、その方、敵だからと申して、敵のままにしておくのでは能があるまい。味方に引き込む算段などいたしてみてはどうじゃな」

萬太夫は懐紙を取り出して汗をぬぐった。そして、絶望的に思案した。

楓ノ方は、同心の八巻が類《たぐい》まれなる美貌の持ち主だと聞かされて、すっかりのぼせ上がってしまったらしい。その八巻が川内家上屋敷を出入りしていると知って、一度顔を見てみたい、などと考えているようだが、しかし、

（八巻は、今の我らにとって一番の敵……）

無邪気に容貌を愛《め》でていられるような相手ではないのだ。

（やはり、楓ノ方様は所詮、お姫様育ち）

萬太夫は、内心、苦々しく思った。

二

ゴーン、と、時の鐘が鳴らされた。夜五ツ（午後八時ごろ）。朝が早くて夜も早い江戸の町は、すでに漆黒の闇に包まれていた。

「わ、若旦那、そんなにくっつかねぇでおくんなさい。歩き辛くって仕方ねぇでげすから」

提灯《ちょうちん》を下げた銀八が足をもつれさせている。卯之吉がピッタリと張りついているから、真っ直ぐに歩くこともできないのだ。

「だって怖いじゃないか。ああ、どうしてこんなに、お武家様のお屋敷ってのは、薄っ気味悪く静まり返っていなさるのかねぇ」

「そりゃあ、町人の長屋みてぇに騒々しいお屋敷ってのは、聞いたことがねぇでげす。……って若旦那、いつもは平気で夜道を吉原に通っていなさるんでげすから、もうちっと毅然《きぜん》としてやっておくんなさい」

「だって、吉原にお化けは出やしないだろう」

どこまで本気で言っているのだろうか、と、付き合いの長い銀八でさえ、小首を傾げた。

「それならせめて、美鈴様にくっつかれたらどうでげす」

せいぜい気を利かせたつもりで銀八はそう言った。美鈴は今夜も卯之吉の供として従っている。

「美鈴様はヤットウの達人でいらっしゃいやすから、それはそれは頼り甲斐《がい》があるでげすよ」

「それは駄目だよ。美鈴様は武家娘様じゃないか。あたしみたいな素ッ町人がくっついて歩いて、変な噂が立ったりしたらご迷惑だ」

美鈴が聞いたら絶望のあまり食を断ってしまいそうなことを、卯之吉は小声で口走った。銀八は冷や汗まみれで振り返ったが、美鈴の耳には届いていなかったようなので、一安心した。

そんなこんな、珍道中を繰り返しているうちに一行は、川内家の上屋敷の門前に到着した。

卯之吉は大げさにため息をついた。

「本当に、入らなくちゃいけないのかねぇ……?」

「お奉行様からのご下命でしょうに。まかり間違ってお奉行様を怒らせたりしたら、後が怖いでげすよ」

「お奉行様なんかどこが怖いものかね。あたしにはお化けのほうがずっと怖い」

銀八は大慌てで視線を左右に走らせた。闇の中で誰が聞き耳を立てているかわからない。今の雑言が南町奉行の耳に届いたら、卯之吉の切腹もありうる。

「と、とにかく入りましょう。あまりお待たせしても悪いでげすから」

銀八は渋る卯之吉を引っ張って、耳門《じもん》の扉を叩いた。すぐに門番が顔を出して、嫌がる卯之吉を屋敷内に通してくれた。

川内家の屋敷内は、なにやら騒然とした空気に包まれていた。勤番侍たちは腰の刀に反りを打たせて殺気だっているし、中間《ちゅうげん》たちも厳《いか》めしい視線をあちこちに向けている。

「先だってにお伺いした時とは、えらい違いでげすなぁ」

夜なのに目の上に手をかざして、玄関前の広場を見渡しながら、銀八がそう言った。

一人の中間が卯之吉に気づいて小走りに寄ってきた。この前に来た時、給金を払えと悶着《もんちゃく》を起こしていた男だ。今夜は機嫌が良いらしく、赤鬼のような顔つきを綻《ほころ》ばせていた。

「こいつぁ先日の御家門様じゃあござんせんか。その節はありがとうごぜぇやした。御家門さまより拝領した金子《きんす》のお陰で、オイラたちも、カカァ連中に皮肉を言われずに済んでおりやす」

いまだに卯之吉のことを、川内家の分家だと勘違いしている様子だ。今夜も卯之吉は拝領した羽織を着けている。卯之吉はゴカモンサマというのが何を意味しているのかを知らない。だから適当に頷き返した。

「それは良かった。お屋敷奉公を辞めずとも済んだのだねぇ。……こっちも少しばかり心強いよ」

玄関前や厩《うまや》の前には、屈強の中間たちが屯《たむろ》している。いざという時に頼りになってくれるだろう。

卯之吉の不安そうな顔を見て、赤鬼中間は何事か覚《さと》った様子でニヤリとした。

「御家門様も幽霊見物でございやすか」

卯之吉はブルブルと首を横に振った。

「冗談じゃないよ。あたしは呼ばれたから、いたしかたなく来ただけさ」

「ははぁ、左様でごぜぇやしたか」

本家で重大事件が発生した時には、分家の者たちが集められ、親族会議が開かれる。赤鬼は、それで卯之吉が呼ばれたのだと思い込んだのだ。

卯之吉は恐々と訊ねた。

「それで、どうなんだい。アレは、本当に出るのかい？」

「幽霊ですかい？　へい」

「へい――って……」

「本当に出るみてぇですぜ。お殿様だけじゃなく、御家老様も御覧になったそうで。奥方様も御覧になったと、奥向きの下女が言っていやしたから、まぁ、出てくるんでしょうなぁ」

その時点で卯之吉は、半分失神しそうになっている。赤鬼は続けた。

「あっしらは御殿の内にゃあ入れねぇ。奥御殿なら尚更で。だからあっしら中間の中には、幽霊を見た者はおりやせんがね。しかし、お侍たちや奥方様まで口を揃えて『見た』と仰《おっしゃ》るんですから、御殿の奥のほうには出ているんでしょうな」

卯之吉は震える指で財布の中から二分金を摘まみ出した。

「これをね……」

赤鬼の大きな手に握らせる。赤鬼はキョトンとした顔をした。

「なんですね」

「悪いんだけどね、あたしの側から離れないでもらえないかねぇ。呼んだらすぐに飛んできてほしいんだよ」

「へい。そういうことならお安い御用で」

「でも、お前さん方は、御殿の中には入れないし。困ったねぇ」

「御殿にゃあ入れやせんが、お庭先には回れまさぁ。御家門様がお座敷にいる間は、あっしがお庭に控えておりやす」

「そうかい。それなら少しは安心だねぇ」

「少しと言わずに大船に乗った気でいてやっておくんなさい。あっしの名は勇次《ゆうじ》ってんで。一声かけていただけりゃあ、すぐにお側に参上いたしやすぜ」

「そうかい。勇次さん……、お前さん、勇次さんってお名前なのかぇ」

芝居の登場人物なら二枚目の優男《やさおとこ》につけられるような名だ。

そこへ、近習番頭の塙束次郎がやってきた。

「夜分にようこそお渡りくだされた」

と、頭を下げる。町奉行所の同心に頭を下げたわけではない。川内家の略紋のついた羽織に頭を下げたのだ。

「殿がお待ちかねでござる。こちらへ」

先に立って玄関の方へ向かう。

大名屋敷には、上様がお成りになった時だけ使われる入り口と、当主のみが使う入り口と、分家や重臣が使う入り口と、家臣たちが使う入り口と、中間や下女、出入りの商人や職人が使う台所口とがある。卯之吉は三番目に立派な入り口から入った。ちなみに、町奉行所の同心の姿では御殿どころか、門から中の敷地に入ることすら許されない。町方同心の身分はそれぐらいに低い。

身分は低いが卯之吉は、江戸随一の札差にして両替商の三国屋で育った男だ。三国屋には大名家の家臣たちが金策にやってくる。町人の徳右衛門に向かって、江戸家老や江戸留守居役が平身低頭して借金を頼み込むのだ。傲岸不遜《ごうがんふそん》な徳右衛門は、武士の権威など屁とも思っていない。そういう光景を見て育ったので卯之吉も、武士を恐ろしいとはまったく思っていない。

畳廊下の真ん中を悠然と通り、欄間の彫刻や障壁画などを眺めながら進んだ。だがやはり、いつもの超然とした物腰ではいられない。大名は怖くないけれども、やっぱり幽霊は怖い。

（お大名様のお屋敷というのは、どうしてこんなに広いのですかねぇ）

無駄に広くて人の気配が感じられない。

案内に立った塙が手燭を掲げているが、光量は乏しく、ほんの近くの畳表を照らしているだけだ。廊下の角には行灯《あんどん》も置かれていたが、その光も消え入りそうに小さい。天井にすら光が届いていないように感じる。

廊下の幅も天井の高さも普通の家屋敷より大きいのに、財政緊縮のあおりをうけて蠟燭《ろうそく》は小さい物を立てている。それでも廊下はまだしもマシなほうで、襖や杉戸で仕切られた座敷の中は完全な闇だ。幽霊が潜んでいても見分けがつかない。それでいて、手燭の光がなにかの拍子に届いたりする。すると、座敷の襖に描かれた動物や人物の影がヌウッと浮かび上がるのだ。

卯之吉はもはや生きた心地もない。

銀八は外に置いてきた。美鈴は卯之吉の背後に従っているが、武芸者なので足音を立てない。自然と気息も絶っている。振り返ると、闇の中に美鈴の顔が白々と浮かんでいる。整った美貌であるだけによけいに凄《すさ》まじく見える。

卯之吉は美鈴の顔が恐ろしくて目を合わせることもできない。

（これがもっと、滑稽味のあるお顔だちならよろしいのですがねぇ……）

美女にかしずかれていることを恨めしく思うなど、この男にしかできない芸当であろう。

（勇次さんは、ちゃんと表にいてくれてるんですかねぇ……）

試しに呼んでみようか、と思ったが、しかし、この暗闇の中に、あの鬼瓦のような顔で飛び出されてこられても困る。想像するだに恐ろしい。

卯之吉は、普段から珍妙な足の運びをする男なのだが、この時は恐怖で手足が強張《こわば》り、いつにもまして奇妙奇天烈《きてれつ》な歩き方をしながら、塙のあとについていった。

「殿、八巻殿、お着きにございまする」

塙が閉ざされた襖の前に平伏し、座敷に向かって言上した。襖の間から明かりが漏れている。衣擦《きぬず》れの音と息づかいが伝わってきた。

「おお、八巻か！　待っておったぞ」

襖が座敷の中から開けられた。襖の際に小姓が控えていたのだ。卯之吉は畳廊下の真ん中で拝跪《はいき》した。

「おお！　八巻！　よくぞ来てくれた！」

屏風を背にして座った美濃守が腰を半分浮かしかけながら、息せき切って言った。傍目《はため》には粗忽《そこつ》に見える姿だ。それほどまでに卯之吉の到着を待ちわびていたのであろう。

しかし、お化け屋敷に呼ばれてしまった卯之吉としては、正直、有難迷惑でしかない。とりあえず、差し招かれるがままに座敷に入って、両膝を揃えて平伏した。その斜め後ろに美鈴も正座する。

卯之吉が挨拶するより先に、美濃守が捲《まく》し立ててきた。

「わ、わしの屋敷が、大変なことになった！　まずは聞け！」

聞け、と言われても、お言葉ながら、怪奇体験談なんか聞きたくもない。聞きたくもなかったのだが、美濃守は、それこそお化けにとり憑《つ》かれたかのような早口で語り始めた。

曰く、ゴギミンサマの磔柱《はりつけばしら》が庭に立ったこと。

ゴギミンサマが口々に、美濃守の悪政を罵《のの》ってきたこと。

そして顔の崩れた下女が出現したこと、などなど。

「――という次第なのじゃ！　八巻、わしは恐ろしい！　恐ろしくてならぬ！」

すがりつくような目を向けられたのだが、すでに卯之吉は話の途中から、ほとんど失神している。

それと気づいた美鈴が、チョイチョイと指でつついて覚醒を促した。

「あっ、はい。それはたいそうお困りなことでございますねぇ」

我に返って、適当に調子を合わせた。

美濃守はガックリと肩を落とした。

「八巻は江戸でもそれと知られた剣の達人であるから、そのように落ち着いて構えていられるのであろうが……。このわしは恐ろしくてたまらぬぞ」

「ええと、それで、どうなさいますね」

卯之吉は訊《き》いた。まるっきりの他人事だと思っているので、気安く訊《たず》ねた。

「左様、ここは、八巻に頼るしかあるまい」

「は……？」

「この美濃守の窮地を救うことができるのは、江戸中を探しても八巻をおいて他にあるまい——と、そういう結論に達したのだ！」

「ええっ」

卯之吉は目を丸くさせた。

「な、なんで、そうなりますかえ」

「八巻は、上《うえ》つ方《かた》はご老中の出雲守様から、下は町人の端々まで、その辣腕《らつわん》を頼りとされておる！　そのような人士は江戸中を探しても二人とはおるまい！　頼む！　どうかこの美濃守を救ってくれ！」

「そう仰られても、あたしは幽霊に伝《つて》なんぞありませんよ」

生きている人間ならば、三国屋の財力を使って頼み込むなり、あるいは金の力でねじ伏せるなり、できるだろう。徳右衛門であれば、老中であろうとねじ伏せる。しかし幽霊となれば話は別だ。

（豪商を恨んでおられる幽霊の御方のほうが、多いんじゃないかと思いますからねぇ……）

豪商の権威に媚《こ》びへつらったり、大金に釣られて働く幽霊の話など、今まで一度も聞いたことがない。

（これは、手強いですねぇ）

今までの常識や流儀はまったく通用しそうにない。卯之吉は頭を抱え込んだ。

と、その時。突然に座敷の奥の杉戸が開かれて、揃いの矢がすりの着物を着けた女たちが静々と、足袋の裏を滑らせながら入室してきた。伏目がちに、言葉もなく、卯之吉の方に歩んでくると、手にしていた燭台を次々と、卯之吉の周囲に並べ始めた。

　卯之吉には、何が始まったのかわからない。燭台には百目蠟燭がそれぞれ立てられていて、太い灯心に灯《とも》された大きな炎で卯之吉の顔と姿を照らしだした。

　次に卯之吉は、座敷の奥に下げられた御簾《みす》の向こうに、人がやってきた気配を感じた。

（ははぁ、どうやら、奥方様のようですねぇ）

とすぐに覚ることができたのは、その御簾の向こうから馥郁《ふくいく》たる香の匂いが漂ってきたからだ。

（これは伽羅《きやら》の、それも、数年は水に浸かっていた流木ですねえ）

　遥か南の国で自生する香木が、嵐か何かで根こそぎ流されて海に浸かる。それが偶然、漁師の網などにかかって引き上げられるのだが、するとその香木は、なんとも言われぬ高貴な芳香を漂わせるのだ。

　偶然の災害によって作られる香木であるから数が少ない。このような貴重品を衣服に焚《た》き染《し》めることができるのは、この江戸では大名の正室に限られる。

　と、そんな貴重なお香の匂いをすぐに嗅《か》ぎ分けることができたのは、もちろん卯之吉が三国屋の御曹司だったからである。

それはそれとして卯之吉は、（どうして奥方様が、密かにお見えになったのですかねぇ）などと首を傾《かし》げた。

自分の周囲に大蠟燭が立てられていることから察するに、この顔を確かめるためにきたのであろう。しかし、それがなにゆえなのか、卯之吉にはよく分からなかった。

大名屋敷は、町人や、町方同心などにとっては伏魔殿である。ある意味では幽霊が出現した時よりも恐ろしく、剣呑《けんのん》な事態であった。しかし卯之吉は人間が相手なら恐いものなしだ。いつものように平然と構えている。

（お座敷に人が増えて、ちょっとは心強くなりましたねぇ）などと、常人ではけっして思いつかない感想をもっていたりしたのだ。

一人、蚊帳《かや》の外に置かれていた美濃守が、思い出したように言った。

「さて八巻よ。これまでにいくつもの難事件を見事に解決してきたお主だ。我が屋敷にて起こった事件についても、さだめし思うところがあるであろう。そこで頼み入る。この美濃守の苦衷《くちゅう》を察して、怨霊どもを我が屋敷より追い払ってもらいたいのじゃ」

卯之吉は目を白黒とさせた。

いかねぇ」

「そ、そういったことは、お坊様や修験者様にお頼みするべきではございますま
「わしも左様に考えて、他ならぬ寺社奉行所に、高僧を紹介してくれるように頼んだのだが、大検使の庄田朔太郎なる者が、そういった怪事件は、南町の八巻がもっとも適任だ、と、太鼓判を押したのでな」

「な、なんということを……！」

卯之吉は目眩《めまい》を覚えた。思わず背後の美鈴にすがりつきそうになった。

「旦那様」

美鈴が心配そうに小声で言った。卯之吉はなんとか、姿勢を持ち直した。

「あ、ああ……、大丈夫ですよ。大丈夫。……しかし、朔太郎さんも、酷《ひど》いことをなさるものだねぇ」

「旦那様のご才覚に期するところが大きいからでしょう」

確かに、寺社奉行所の大検使から能力を認められるのは名誉なことだ。しかし卯之吉にとっての庄田朔太郎は、ただの遊び仲間である。

（面白半分であたしを嵌《は》めたのに違いありませんよ）

酔狂な遊び人は、仲間うち同士の暇つぶしで、こういう悪戯《いたずら》をよくする。

卯之吉としては、寺社奉行所の大検使の、庄田朔太郎の依頼であるなら、尻を捲って逃げ出してしまっても構わない、などと思っている。

しかし、同じ吉原の遊び人同士の意地の張り合いとなると話は別だ。ここで逃げ出したりしたら吉原中の笑い物。大通人としての看板に傷がつく。放蕩《ほうとう》者の価値判断に照らし合わせた場合、これは大変に由々しき事態であった。

(困ったことになりましたねぇ……)

などと、常人には到底理解できない理由で、卯之吉は思い悩んだ。

卯之吉は黙っている。美濃守も黙っている。御簾の奥の人影は息をひそめている。気づまりな沈黙が広間を包み込んだ。

気を利かせたわけではあるまいが、美鈴が代わりに訊ねた。

「いったい、このお屋敷では何事が起こっているのでございましょうか。幽霊が出るからには、それなりの理由があるはず」

お化けが出たら「きゃあ」と叫んで卯之吉に飛びつくはずだったのが、すっかりと失念している様子だ。謎めいた脅威に対する敵愾心《てきがいしん》を湧かせている様子である。

卯之吉は「ひゃっ」と小さな声を漏らした。恨めしげに美鈴を見た。

「それを、お訊ねになりますかえ」

「だって、訊いておかないと、何もわからないじゃないですか」

敵の出方ぐらいは飲みこんでおいて、いざというときに備えようという腹のようだ。さすがに剣客である。

美濃守は「うむ」と答えて、それから、青い顔で思案をはじめた。

「何事が起こっているのか、と訊かれても、余にも皆目、見当がつかぬのだ」

「では、その幽霊どもは、何時、どのようにして現われるのでございましょうか」

「それもわからぬ。なにしろ相手はこの世のものではない。昼となく夜となく、いずこにも現われるのだ」

「お殿様は何度も御覧になったのですか」

「いや、余が見たのは一度きりじゃが、家臣たちや、奥の者たちが目にいたしておる」

美鈴は黙り込んだ。

いつ、どこに現われるかもしれない敵、などというのは、確かに人間相手では考えにくいことである。油断がならない。

美濃守が、言い辛そうにして、言った。

「八巻とそなたも、この屋敷に踏み込んだからには、遠からず、怨霊どもの姿を目にすることとなろう」

それを聞いた卯之吉は、ついに堪《こら》えきれずに失神した。きちんと正座したまま白目を剝《む》いている。

「さすがは八巻。一向に動ぜぬとは、頼もしきかぎりよ」

などと美濃守は感想をもらした。

三

「上田を対面所に呼べ」

奥御殿の御座所に戻るなり、楓ノ方は侍女に命じた。侍女は表御殿へ向かい、江戸家老の用部屋にいた上田萬太夫を連れて戻ってきた。

「上田萬太夫にございまする」

萬太夫は対面所の下座の、暗がりに平伏した。上座の御座所には蠟燭が何本も立てられている。楓ノ方の顔がよく見えた。

「萬太夫よ、妾《わらわ》は八巻を見た」

「ハッ」

平伏してから顔を上げると、楓ノ方が壮絶な顔つきで萬太夫を睨《にら》みつけている。

「萬太夫、うぬはどうでも、あの八巻を敵に回すと申すか」

「ハッ、八巻めは殿のご寵愛《ちょうあい》を受けておりますれば……。拙者にその気がなくとも、八巻のほうで我らを敵視いたすことは避けられませぬ」

「そこを、なんとかいたせ！」

「ハッ……？」

萬太夫は驚いて顔を上げた。おそるおそる楓ノ方の顔を凝視すると、奥方様はなにやら、目元の辺りに妖艶《ようえん》な気配を漂わせているではないか。

（これは……）と萬太夫は覚った。

萬太夫は肥えた狸のような風貌だが、洞察力の鈍い男ではない。

（奥方様は、あの八巻をお気に召してしまったのだ）

下世話な町人風に言えば、一目惚れした、というやつだ。

（なんということ！　面倒な！）

内心、悪態をつきたい思いである。

ちょっとばかり姿の美しい優男だと言っても、その実力は南北町奉行所一の切れ者で、江戸でも五指に数えられるほどの剣豪なのだ。遠慮や手加減のできる相手ではない。

（八巻に先手を取られたら、我らの破滅！）

その〝我ら〟の中には楓ノ方も含まれている。それがわからないわけでもあるまいに、恋に目が眩《くら》んでしまったようだ。

（これはまずいぞ）

萬太夫は必死に、考えをまとめようとした。

楓ノ方は、八巻をこちらに引き込みたい考えだ。それが実現できるのなら何よりだが、しかし、そのためには八巻に、こちらの思惑を打ち明けねばならない。

それで八巻を味方につけることができるのならば良いが、八巻が翻意しなかった場合、敵に手の内を教えただけで終わってしまう。こちらの罪科を自白したのと同じことだ。

（否と申した八巻めを、押し包んで討ち取ることができれば良いのだが……）

相手は高名な剣豪。これまでにも大勢の悪党や、人斬り剣客浪人たちを返り討ちにしてきた豪傑である。川内家に仕える江戸詰の侍たちに太刀打ちできるとは思えない。八巻は萬太夫の手の者たちを難なく撃退し、悠々と奉行所にもどり、南町奉行を通じて本多出雲守に注進して、川内家の処分を求めてくるに違いなかった。

萬太夫は苦渋の決断を下した。

（やはり、当初に定めた通りのやり方で、八巻を討ち取るより他にない）

悪僧の山嵬坊と殺し屋のお峰が動いている。あの者たちならきっと、やり果《おお》せてくれると期待していた。

（奥方様には、わしが叱られることといたそう）

愚かしくも損な役回りだが仕方がない。すべては川内家を守るためだ。萬太夫の上田家は、戦国の世から何代も川内家に仕えてきたのだ。川内家のためなら身を犠牲にするのも厭《いと》わない。

萬太夫は表情を取り繕って、楓ノ方を見据えた。

「畏《かしこ》まってございまする。萬太夫、八巻を味方に引き入れるよう、図る所存にございまする」

「おお、そうか！」

楓ノ方の冷たい美貌がパッと綻《ほころ》んだ。

萬太夫は胸を突かれた。いつも不機嫌そうにしている奥方が、ふいに、乙女のような無邪気な笑顔を向けてきたのだ。

(奥方様は、これほどにお美しい御方でいらっしゃったのか……)

自分や美濃守の前ではけっして見せない顔つきであった。

(思えば、殿や、我ら川内家の家臣たちは、奥方様にずいぶんと辛い思いをさせてきたのかも知れぬ)

などと萬太夫は思ったりもした。

萬太夫は御対面所を下がって、暗い廊下を通り、表御殿へと足を急がせた。その顔つきは、決然と、そして陰気に顰《しか》められている。

(奥方様をどれほど悲しませることになろうとも、八巻を生かして帰すわけにはいかぬのだ)

すべては川内家のため。そして玉御崎藩七万石の百姓、領民のためだ。

(奥方様も年貢でお暮らしになっておられる身。領民のためなれば、いかなる辛き宿命にも堪えてもらわねばならぬ)

萬太夫は決然と歩を進めた。お峰との最後の談合がある。急いで戻らねばならなかった。

四

「こ、こんな所に閉じ込められちゃって……。あたしはもう、自分の屋敷に戻りたいよ」

卯之吉が震える声を漏らした。その小声が闇の中に吸いこまれていく。静けさが耳に染みいるようだった。

狭い座敷で喋《しゃべ》っている時には（といっても三国屋や八丁堀の屋敷の座敷は、庶民の目で見れば広いほうなのだが）、自分の声は壁に響く。それとは気がつかないけれども残響が返ってくる。

しかし、この大名屋敷の座敷はあまりにも広大だ。声がまったく響かない。自分の声が闇に吸いこまれてしまうのだ。それがなんとも不気味でならない。

「まるで、永劫《えいごう》の闇の中に閉じ込められちまったみたいな気がするよ」

声だけではない。燭台の光も壁を十分に照らすことができない。

闇の中にぼんやりと、障壁画の松や虎などが浮かび上がっている。昼間の卯之吉なら繁々と鑑賞するのであろうが、今は怖くて目も向けられない。できることなら隣に座った美鈴の膝に顔をすっぽり埋めたうえで、両手で耳を塞いでいたいほどだったのだ。

「旦那、しっかりなすって下せェ」

銀八が呆《あき》れ顔で言った。

卯之吉は血の気の引いた顔を銀八に向けた。

「お、お大名様のお屋敷だからね、まさか、芸者や芸人衆を呼ぶわけにもいかないからね」

できることなら鳴り物入りで派手やかに騒ぎ立てて、この場の不気味な空気を振り払いたかった。

銀八は、励まそうと思って、いつものように場違いな物言いをした。

「綺麗どころなら、ほら、美鈴様がいらっしゃるじゃござんせんか」

銀八とすれば、この冗談で卯之吉と美鈴が「あはは」と笑って、空気もほぐれると思ったのだが、卯之吉は何も言わない。美鈴も顔を引き締めて端座したままだ。

銀八は扇子でポンと自分の頭を叩いた。

それから、美鈴の側に寄って、囁《ささや》いた。

「例の策、わかっていらっしゃいますよね？」

悲鳴を上げて卯之吉に飛びつく作戦だ。だがしかし、美鈴は凛然《りんぜん》と表情を引き締めて、油断なく視線を四方の闇に向けている。

「……この屋敷、油断ならぬぞ」

「へっ、美鈴様、修験者様のように幽霊の気配を察することがおできになるんでげすか？」

美鈴は首を横に振った。

「幽霊ならばまだ良いが……。これは人の発する殺気のようだぞ」

「えええっ」

武芸で鍛えた五感で、敵の存在を嗅ぎつけているらしい。銀八は大げさな態度で尻餅をついた。

銀八は、どちらかというとお化けよりは悪人のほうが怖い。

「みっ、美鈴様、ここは、お大名様のお屋敷でげすよ！　あっしらがここで殺されちまっても、南町の旦那方も、三右衛門親分も、手出しはできやせん！」

「わかっておる。だから油断いたすな」

美鈴はすっかり男言葉になっている。

（こいつぁ、よっぽどだぁ）

美鈴が感じている脅威は、銀八にはわからないけれども、相当に恐るべきものであるようだ。銀八はいよいよ絶望感に囚《とら》われた。

「銀八」

「へっ、へいぃぃぃ！」

卯之吉に声をかけられただけなのに、銀八はその場で大きく飛び跳ねた。

「な、なんでございましょう、若旦那」

「外にね、勇次さんが居てくれているかどうか確かめてきてもらえないかねぇ」

「へっ、あの中間さんが」

「うん。庭に控えていてくれるっていう約束なんだけどね。せめて勇次さんが居てくれるのなら心強い。頼むよ。庭を覗いてみておくれな」

「へっ、へいへい」

贔屓《ひいき》の旦那に命じられたら断れない。銀八は障子戸まで這《は》って行って、おそるおそる、障子を開けた。

さすがに大名屋敷だけあって、障子はなんの音も立てず、手応えもなくスーッと開いた。それがなんだか、障子の幽霊みたいで恐ろしい。

銀八はひょっとこみたいな顔つきで、畳廊下に顔を突き出した。左右を窺《うかが》うが、人の気配はない。遠くの角に行灯が置いてあるだけだ。

　それだけでもう、小便を漏らしてしまいそうに恐ろしかったのだが、そこは必死に堪えて、廊下を突っ切った。そして反対側に立っていた別の障子戸を開けた。

　驚くべきことにそこにはもう一つ、板敷きの廊下があった。大名屋敷は身分によって通る廊下が違うのである。この板敷きの廊下は庶民の屋敷の縁側に相当する。その向こうに雨戸が立てられている。雨戸の向こうが、ようやく外の庭になるのだ。

　卯之吉たちのいる広間からはずいぶんと遠くまで来てしまったような気がした。銀八は身震いしながら雨戸に取りついて、落とし猿をあげた。

　雨戸を横に滑らせると、冷たい外気がスウッと吹き込んできて、銀八の首筋を撫《な》でた。

「ひゃあっ」

　それだけで肝が潰れる思いだったが、なんとか堪えて、雨戸を一枚分だけ開けた。

「ああ、外は半月でげす」

細い月明かりが庭を照らしている。御殿の中よりはずっと明るく感じられた。

「もぅし、もぅし、勇次さん、おいでなさいやすかえ」

夜中なので大声は出せない。細い声を出すと、庭の植え込みがガサガサッと音を立てて揺れた。

「ひゃあっ」

銀八はストンと腰を落とした。黒い人影が、夜露をしのぐために被っていた菰《こも》を捨ててやってきた。

「ああ、勇次さんじゃございませんか。驚かさねぇでくだせぇ」

勇次は赤鬼のような顔をさらに顰めさせた。

「手前《てめ》ェが勝手に驚いたんじゃねェか。御家門様はどうなすったい」

「へい。今んところ、つつがなくやってるでげす」

「そうかい。それにしても、化け物の騒動の只中に乗り込んでくるたぁ、たいした肝っ玉だなあ」

「いや、あっしなんか。こんな夜中に庭で潜んでいる勇次さんほどじゃございません」

「誰も手前ぇなんか褒《ほ》めちゃあいねぇよ。御家門様を褒めてるんだ」

「あっ、そうでげすか」

銀八は勇次に顔を近づけて訊ねた。

「で、勇次さんも御覧になったんですかえ。そのぅ、幽霊のご一行様を」

「俺か？　いいや、見ちゃいねぇ」

「でしょうなぁ。勇次さんの前に現われたら、幽霊の方が怖がりやす」

「なんだと、馬鹿にしてんのか」

「いえいえ。その腕っぷしと男気に畏《おそ》れ入るだろう――ってぇ話で」

「フン。奥御殿の下女が見たって言っていやがったが、その小娘は昼間でも一人じゃ雪隠《せっちん》に行けないような臆病者だ。本当に幽霊を見たのかどうか、怪しいと睨んでいるぜ」

「でも、お偉いご家来様と、奥方様も御覧になったとか」

「義民の霊が祟《たた》るとしたら、そりゃあ確かに家中のお侍たちだろうからな。ま、俺たちのような下々に祟って出てきても仕方ねぇ。あっちでも人を見て、相手を選んでるんだろうぜ」

「なるほど。それならあっしなんかはもっと安心――」

と言い掛けた銀八の顔が、目を見開いたまま、固まった。

「どうしたい」

銀八は声も出せない。顔面を引きつらせながら指を伸ばして、勇次の肩ごしの夜の庭を指差した。

勇次は油断なく身構えながら、サッと背後に向き直った。そして「ああっ」と声を漏らした。

「どうしたえ」

銀八と勇次が喋っているのを聞いて、気が強くなったのだろう、卯之吉がやってきて、雨戸の隙間からヒョイと顔を出した。そして——

「ひぃぃぃっっ」

一声叫んで失神した。さすがに立ってもいられない。真後ろにずでんと倒れてしまった。

「旦那様ッ」

美鈴が押っ取り刀で駆けつけてくる。

「こ、これは……！」

さしもの美鈴が言葉を失った。それほどまでに恐ろしい光景が夜の庭で展開されていたのだ。

庭の築山の向こうに、磔柱が五本、立っている。そして五人の義民が、それぞれに磔にされていた。

青白く光る死体がぼんやりと闇の中に浮かんでいる。薄い帷子《かたびら》を着けた、ザンバラ髪の男たちの無念の形相が美鈴の目にもはっきりと見えた。

「旦那様！」

まずは卯之吉に目を向ける。しかし卯之吉は目を開けたまま仰向けに倒れて身動きしない。

美鈴は足袋裸足で庭に下りた。幽霊を見たら「きゃあ」と叫んで卯之吉に抱きつく、などという話はすでにどこかへ吹っ飛んでいる。

「銀八！　旦那様を頼むぞ！」

声変わり前の少年のような勇ましさで命じると、刀の下げ緒をあっと言う間に解いてたすき掛けにした。それから刀を腰に差し直した。

傍《かたわ》らで勇次が身構えている。臆してはいないと見て取って、美鈴は声をかけた。

「勇次とか申したな。あれが噂のゴギミンサマか」

「へ、へい。あっしもこの目で見るのは初めてでやすが……あなた様は、御家門様のお供の御方ですかい」

「溝口と申す」

「へい、さすがは御家門様のお小姓様だ。お若《わけ》ぇのに腹がすわっていなさる」

「わたしとお主で怨霊を仕留める」

「へい？　なんですって」

「幽霊などというものが、この世にあっていいものか。さぁ行くぞ」

美鈴はスルスルッと前に出た。勇次は「コンチクショウ」と吐き捨てた。

「ここで逃げたら勇次様の名が廃れるぜッ」

用意していた六尺棒を拾い上げると両手で構えて、美鈴に従った。

二人は庭を横断しようとした。しかし、大名家の庭というものは無駄に広い。そのうえ起伏に富んでいるし、人が歩けるように作ってある場所（平らな石や玉砂利の敷いてある通路）以外は歩きづらい。うっかり躓《つまず》いたりしたら池にボチャンと落ちてしまいそうだ。超一流の剣客は『足の裏に目がある』などと評されるほどの行歩を誇るが、美鈴はそこまでの境地には至っていない。

「油断いたすな」

「合点で」

二人は闇の中をノロノロと進んだ。やがて、ゴギミンサマから五間ほどの距離にまで近づいた。

と、その時、闇の中から「ケラケラ」と、二人を嘲笑《あざわら》うような声が響いてきた。

「ひええっ」

勇次が半歩ほど後ずさる。まるで地の底から響いてくるような声だ。

一方美鈴は、何事かに気づいた様子でハッと顔色を変えた。

「違う！」

「へぇ、な、何が違うって仰るんで」

「人の気配がない……」

「何を言っていなさるんで。相手は幽霊でやすから、最初から気配なんざ……」

と勇次が言い掛けたその時だ。幽霊たちの笑い声が一斉に高鳴ったと思った瞬間、五つの磔柱の死体から、五つの首がポーンと飛んだ。

勇次が真後ろに尻餅をついた。美鈴も居合腰に身構えたまま全身を硬直させている。

「く、首が、飛んでいる！」

五つの首が恨めしそうな顔つきのまま、空中をふわふわと浮遊している。さらには美鈴と勇次を取り囲むようにして旋回し始めた。

「恨めしい」

「口惜しい」

「なにゆえ我らの邪魔をする」

「お前のことも、呪ってくれるぞ」

口々に美鈴を呪う言葉を吐いた。しかしその声は何故か地の底から聞こえてくる。

美鈴は腰の刀を抜いた。しかし刀では空中の首に届きそうにない。勇次に向かって声を放った。

「六尺棒で打ち払え!」

「馬鹿言っちゃいけやせんッ! あっしはもう尻を捲りますぜッ。あなた様もお逃げなせぇ!」

「何を申すか!」

「幽霊にゃあ敵《かな》いやせんッ。うわああっ!」

勇次は六尺棒を抱えて逃げ出した。

「くっ……」

美鈴もジリジリと後退する。武芸は無鉄砲を良しとしない。十全に勝てる方策が立った時以外は試合や真剣勝負をしてはならない、と戒めている流派もある。ここでわけのわからぬ敵と戦って一敗地にまみれたら、美鈴の流派、鞍馬《くらま》流の恥となってしまう。美鈴は臍《ほぞ》を噛んで後退した。

首は追っては来なかった。美鈴は御殿の縁側に戻った。

銀八が卯之吉を介抱している。

「若旦那！　若旦那！」

しかし卯之吉は目を覚まさない。美鈴は卯之吉の側に膝をつくと、「えいっ」と拳で活を入れた。

「えっ、あっ、美鈴様？　ここはどこです」

卯之吉が目をキョロキョロとさせる。そして、空中を飛び回る五つの首を目撃し、またしても気を失ってしまった。

その時、ドヤドヤと足音も高く濡れ縁を走って、多数の者たちが近づいてきた。バンバーンと、雨戸が蹴り破られて、川内家の勤番侍たちが庭に飛び下りてきた。

その瞬間、五つの首と磔柱が、スウッと闇の中に消えた。

「なんと！」

美鈴も呆然《ぼうぜん》と立ち竦《すく》むしかない。

勤番侍たちは一斉に、龕灯《がんどう》の明かりを美鈴に突きつけてきた。

「なんだ、今の騒動は！」

美鈴と勇次のわめき声を聞きつけて出てきたらしい。

勇次が満面に汗を滴らせながら言上した。

「出たんでさぁ！　ゴギミンサマの怨霊でございまさぁ！」

「なにっ」

勤番侍たちは庭のほうに龕灯を向けた。しかし、深夜の庭にはゴギミンサマもその首も見当たらない。

「なにもおらぬではないか！」

「本当に出たんでさぁ！　あっしも、こちらのお小姓様も、それに御家門様も確かに御覧になったんで！」

勤番侍たちは数を頼みにしているので臆することなく、庭に踏み込んでいった。龕灯の明かりを庭木や庭石の根元に向けている。

「ああっ！　これは！」

庭の奥まで調べに入った勤番侍の一人が絶叫した。

「お、お出会いくだされッ！　ここに……！」

その声を目掛けて勤番侍たちが庭木をかき分けて走っていく。美鈴と勇次も後に続いた。

勤番侍たちが一斉に、「これは！」「何と言うことだ！」などと口々に叫びはじめた。龕灯の先を足元に向けている。輪になって集まった者たちの真ん中で、誰かが倒れているようだ。

美鈴は油断なく進んで、その誰かに目を向けた。そして勤番侍たちと同じように「これは！」と叫んでしまった。

苔《こけ》が敷きつめられた低い築山の根元に、死体がひとつ、転がっていたのだ。しかも驚くべきことに、その死体には首から先がなかった。

「ここで、首を刎《は》ねられたのだ」

倒れた死体の、首の切り口から先に、黒い液体が飛び散っている。薄暗い龕灯の明かりだから黒く見えるだけで、実際には真っ赤な血であることは明らかだった。生臭い血の臭いがたちこめていたからだ。

「な、なんてぇこったい……」

度胸自慢の勇次までもが、六尺棒を抱え込んで身震いしている。実に無残な死に様であった。

美鈴は呟《つぶや》いた。

「こ、これは、どなたの亡骸《なきがら》なのだ」

美鈴の呟きを耳にして、一同の者がハッとなった。勤番侍たちが龕灯を近づけさせて、装束を検《あらた》めはじめた。

「こ、これは……！　上田萬太夫様のお召し物ではないのか！」

勤番侍の一人が叫ぶ。別の誰かが声を被せた。

「このお身体の肥え様は、確かに上田様によく似ているぞ！」

美鈴には、誰が叫んでいるのかわからないし、相手の身分もわからない。元々見知らぬ相手であるし、夜の闇の中であるから尚更顔の見分けがつかない。

「首は！　首はどこにあるのだッ？」

組頭格らしい男が叫ぶと、侍たちは一斉に視線と、龕灯の明かりをあちこちに向けた。そして、「あああっ」と、一人が指を伸ばして悲鳴を上げた。

美鈴と勇次を含めて、その場の全員が、指差された方向を見た。そして一斉に息を飲んだ。

生首がひとつ、石灯籠の上にポッンと置かれていたのである。顎の下の肉の弛《たる》んだ、狸顔の中年男の首が、目を剝き、舌をダラリと伸ばして、こちらを向いていたのであった。

「上田様！」

「御家老様の御首級《みしるし》だ！」

勤番侍たちが騒然となる。

「いったい、誰が、このような……」

勤番侍たちが恐怖と動揺に堪えかねていた、その時、

「どうなりましたえ」

卯之吉がヒョコヒョコと歩んできた。騒がしい様子に野次馬根性を抑えきれなくなったのと、これだけ人数がいれば怖くない、と思ったからであろう。

そしてヒョイと首を伸ばして、多数の龕灯に照らされた生首を目撃し、声も上げずに一目散に、屋敷の方へ走って逃げてしまった。

五

時刻は暁九ッ（深夜十二時）を過ぎた。川内家の上屋敷全体が異様な緊張感に包まれている。納屋にしまわれてあった蠟燭が全部出されて、すべての廊下に立てられた。庭には槍を手にした勤番侍が行き交っているし、奥御殿では薙刀《なぎなた》を手にした侍女たちが巡回していた。

中間はもちろん、小間使いの老人や、飯炊きに雇われた台所の娘たちまで鉢巻きをして、鎌やすりこぎ棒を握っている。誰も就寝することなどできない。江戸屋敷で家老が殺される、という怪事は、それほどまでの重大事であった。

卯之吉と美鈴、銀八は、中間の勇次も含めて、ひとつの座敷に集められていた。襖を隔てた座敷の周囲からは、殺気だった勤番侍たちの気配が伝わってくる。どうやら拘禁状態に置かれてしまったようだ、と美鈴は察した。

そこへ、五十歳ほどの、頭髪のだいぶ白くなった厳《いか》めしげな男が入ってきて、ドンと腰を下ろした。田舎風ではあるが上質の紬の着物を着ている。川内家ではかなりの大身であろうと美鈴は見て取った。

続いて数人の侍たちも踏み込んできて、美鈴たちを取り囲んだ。侍たちの刀は腰の左側に引き据えてある。いつでも抜刀し、卯之吉たちに斬りつけることのできる態勢だ。

「川内家目付、中島孫七《なかじままごしち》である」

厳めしい顔つきのまま老武士が名乗った。

目付は侍たちの行状を検める役職で、事件の際には下手人の捕縛や詮議も担当する。つまりは卯之吉たちに上田萬太夫殺しの嫌疑をかけている、ということであろう。

中島が険しい視線を美鈴と卯之吉に向けてきた。

「役儀につき、貴公らの当夜の行状を検めさせていただく」

やはりまるっきりの罪人扱いだ。町奉行所の同心は、小身とはいえ徳川家に仕える家来だ。しかし遠慮はまったく感じられなかった。

美鈴も武家の娘である。いわれも無くこのような扱いを受けて、ペラペラと言い訳するような真似はしない。ムッツリと黙り込んだ。

卯之吉は、と見れば、完全に放心している有り様だ。生首によほど驚いたのだろう。何を問われても捗々《はかばか》しい返事ができるとは思えない。

勇次だけが泡を食って、捲し立て始めた。

「中島様！　あっしは、それにこちらのお小姓様も、何もしちゃあいねぇ！　御家老様が庭にいらしたことも知らなかったんで！」

勇次は口から泡を飛ばして状況を説明した。中間の命は軽い。家老殺しの下手人だ、などと決めつけられてしまったら最後、即座に首を刎ねられる。必死であった。

中島孫七は険しい顔つきで勇次を、ついでに卯之吉たちを見つめて言った。

「つまり、当夜、庭に踏み込んだのはお前と、そこな八巻殿の一行しかおらぬ、ということになるな」

「じょ、冗談じゃござんせん！　どうしてあっしらが御家老様を手にかけにゃあならんのですかい！」

「では、誰が御家老様を殺害したと申すのか」

「で、ですから、幽霊がやりやがったんでございますよ！」

「馬鹿な。幽霊が御家老様を殺したと申すのか。愚かしい。考慮に入れるにも当たらぬわ」

まるでこの屋敷には最初から、幽霊など存在していないかのような物言いだ。

しかも幽霊など信じているのは馬鹿者だ、と言わんばかりである。

幽霊が出ると言い、助けてくれと言われたから、卯之吉も美鈴も、この屋敷に乗り込んできたのである。あまりにも非礼な態度であろう。

美鈴はムッとして言い返した。

「それほどまでに我らをお疑いであるのなら、差料を検めていただきたい」

中島はジロリと視線を美鈴に向けた。

「差料とな」

「左様。首を斬り落とせば刀に血糊《ちのり》がつくはず。懐紙で拭ったぐらいでは膏《あぶら》の曇りは容易に落とせぬ。研ぎ師にでも出せば綺麗に落とせようが、我らが研ぎ師に研ぎを頼めるはずもない。我らの刀を検めていただければ、我らが下手人ではないことがすぐに判明いたすはず」

「なるほど道理だ。武士の貴公らに刀を見せよ、などと命ずることは非礼極まる物言いゆえ、遠慮いたしておったが、そちらから言い出されたなら有り難い。是非とも、検めさせていただきたい」

「存分にお検めくだされ」

美鈴は腰の右脇に置いてあった刀の鞘を摑《つか》み、ついでに腰に差してあった脇差しも抜いて、二本揃えてグイッと突き出した。美鈴たちを取り囲んでいた、目付配下の者が膝行《しっこう》してきて、美鈴の刀を受け取った。

「失礼ながら、お預かりいたしまする」

一礼し、受け取った二刀を中島の許に運んだ。中島も、武士の魂である刀に対しては、恭《うやうや》しく一礼した。

「では、検めさせていただく」

中島は息や唾などかからぬように、懐紙を口に咥《くわ》えた。そして美鈴の大刀をスラリと抜いて目の前に翳《かざ》した。

ためつすがめつ眺めたが、血痕や膏の曇りは見て取れない。中島は大刀を鞘に戻すと、今度は脇差しを検めた。チラチラと刀身を返して確かめると、すぐに鞘に戻した。

「いかに」

美鈴は問い質《ただ》した。中島は渋い顔つきになった。

「貴公への疑いは晴れた、と申してよかろう」

配下の手で、刀は美鈴の膝元に戻された。美鈴は言った。

「疑いが晴れたのならば、早々に我らの禁足を解いていただきたい」

中島は「いや」と答えた。

「まだ、八巻殿の差料を検めてはおらぬ」

卯之吉はキョトンと顔を向けた。

「あたしの……？」

江戸でも五指に数えられる、などとふざけた評判を取っている卯之吉だが、それはまったくの誤解、捏造《ねつぞう》というもので、実際には刀など抜くことも、振ることも、満足にはできぬ虚弱体質だ。

（あたしの刀なんて、検めるまでもないでしょうに）という顔をした。

しかし中島と目付配下の者たちは、卯之吉を超一流の剣客と見ている。人の首ぐらい、剛刀一閃《いっせん》、一太刀で斬り飛ばせるはずだと思っていたのだ。

「八巻殿、是非に」

中島が目に力を込めて迫ってくる。実際には座っている場所から動いていないのだが、気迫でグイグイと圧してきた。

「仕方ありませんねぇ」

卯之吉には生まれつき、自分の意思というものが乏しい。祖父の徳右衛門の命じるがままに、なりたくもない同心になったような男だ。強く迫られれば断れないし、弱く迫られても断れない。刀を二本揃えて差し出した。

美鈴の時と同じ侍が刀を受けた。侍は、卯之吉の差料があまりにも軽いので、少し怪訝《けげん》な顔をした。こんなに軽い刀は普通、元服前の子供しか差さない。

しかしこの侍も、卯之吉のことを、噂の剣客同心だと思い込んでいる。あえて、細身で軽い刀を差すことに意味があるのだろう、凡百《ぼんぴゃく》の人知を超えた剣豪のこだわり、あるいは工夫なのであろう、と考えた。

「お預かりいたします」

侍は恭しく低頭して、刀を預かった。

中島も、震えるような思いで、噂の剣豪の差料を受け取った。

「非礼は重々承知ながら、当家の家老が殺されたという一大事。是非ともお許しを願いたい。——お刀、拝見つかまつる」

町方同心にはもったいない挨拶を寄越してから、刀を抜こうしたのであるが、

「むむっ……」

これが抜けない。

鯉口はちゃんと切ってある。しかし、刀を引き抜くことができない。

「なんとしたこと！」

中島は、(この刀は一流の剣客にしか抜くことの叶《かな》わぬ神剣か!)などと、よく耳にする神話を思い浮かべたのであるが、それでも力をこめていると、ズルッ、ズルッ、と、抜けてきた。

中島の目が「あっ」と驚愕《きょうがく》に見開かれた。

「これは! 血!」

なんと、卯之吉の刀にはベッ卜リと、濃い血糊が付着していたのだ。だから容易に抜けなかったのである。

「や、八巻殿!」

中島は血相を変えて立ち上がった。

「八巻殿が、当家の家老を斬ったのでござるな!」

中島は血刀をグイと突き出して、そう決めつけた。中島でなくとも、そのように判断するより他にない。

卯之吉は、なにもわからず、すッとぼけた顔つきで座っている。銀八も、何が起こりつつあるのかわかっていない。美鈴だけが狼狽《ろうばい》している。

「そのようなはずはない! 我が殿は、屋敷より外には出ておらぬ!」

幽霊に恐怖して気を失っていたのであるから間違いはない。

美鈴は勇次に顔を向けた。

「お主も見ていたはず！　我が殿は、御殿の縁側を離れてはおらぬな！」

中島も勇次に質した。

「まことか。そのほう、ここな八巻殿の行状を、その目で確かめておったのか？」

「い、いえ……。あっしは……」

勇次は口ごもってから、言った。

「あっしは、こちらのお小姓様と一緒にいたんで、そちらの御方がどこで何をしていたのか、それはわかりかねやす」

「勇次ッ」

美鈴は叫んだ。勇次は言い返した。

「あっしは、嘘をついてはおりやせんぜ」

中島は、苦渋の表情で頷いた。

「どうやら、これで決まりであるな」

美鈴は言い返した。

「我が殿は、故なく人を殺《あや》めるようなお人ではございませぬ！」

「いかにも、左様であろう。しかし、その時、当家の庭にはゴギミンサマなる亡霊が浮遊していたと申したではないか。八巻殿は亡霊退治のつもりで、庭に出てきた御家老を誤って斬ってしまったのに相違あるまい」

「まさか！」

箸より重い物を持ったことのない卯之吉に、人間の首を一刀両断にできるはずがない——ということを、美鈴だけが理解している。しかし、世間の卯之吉に対する理解は、そうではない。「幽霊と見間違えて家老の首を刎ね飛ばした」とは、いかにもあり得そうな話に聞こえた。

（これはまずい）

美鈴は思い悩んだ。

いっそのこと、卯之吉の評判が、すべて虚構と勘違いであることを白状してしまうべきなのか。そのうえで誰か、川内家の武芸者と立ち合わせれば、すぐに卯之吉の本性は理解されるはずだ。

しかし、それをやってしまったら、もう二度と、卯之吉は同心として立ち行かなくなってしまう。

（それは良くない）

美鈴としてはこれからも陰ながら卯之吉を守り、卯之吉の評判を高めていくように努めたいと考えている。それが、卯之吉が溝口家にしてくれた恩義に報いることとなるからだ。

（旦那様が皆に後ろ指を差されて、笑い物にされることなど……）

あってはならないし、そんな卯之吉の姿には美鈴の方が堪えられない。間違いなく憤死する。

（ならば、この場をいかに切り抜ける……）

美鈴は顔を上げた。

「我が殿はお屋敷の縁側より離れてはおりませぬ！　そこな銀八が証人！」

「身内の証言は、証《あかし》とはならぬのが、古来よりの習わし」

美鈴は勇次に目を向けた。

「そなたはわたしと庭に出ていたではないか！　庭で我が殿が人を斬れば、その気配に気づかぬわけがあるまい！」

「あっしは幽霊に気を取られて、必死で……。そちらの旦那様が何をしていたのか、気にかける余裕はなかったんでさぁ」

正直一途で融通の利かない性格のようだ。中間としては素晴らしい人格だが、こんな時には困る。

中島は断を下した。

「血刀という証が出てきたからには、八巻殿をお帰しするわけには参らぬ」

配下の者たちがズイッと膝を滑らせて、卯之吉を取り囲んだ。卯之吉の刀と脇差しは中島に取り上げられたままだ。もっとも、刀があっても卯之吉には何もできはしないのだが、卯之吉を剣豪と誤解している者たちも、卯之吉が丸腰なので余裕を持って取り囲むことができた。

（まずい、このままではまずい）美鈴は焦った。

美鈴は、いっそのこと、この者たちを斬り捨てて卯之吉を逃がそうか、などと考えた。自分はきっと斬り殺されてしまうだろうが、愛《いと》しい卯之吉を逃がすことができるなら本望だし、美鈴の剣術を以てすれば、不可能な話ではあるまい。

美鈴が刀に手を伸ばそうとした、その時、

「お待ちくださいませ」

高貴さの漂う、貴婦人の声が聞こえてきた。中島と配下の者たちはハッとして、声のした方に顔を向けた。

閉ざされていた襖が開かれる。畳廊下に奥御殿の侍女が膝をついていた。そして、侍女が開けた襖を通って、錦の装束に身を包んだ女人が入ってきた。

中島はすかさず低頭した。

「これは……、奥方様お付きの、梅《うめ》ヶ谷《たに》殿」

楓ノ方に従って、実家からやってきた傅役《もりやく》の梅ヶ谷は、四十ほどの年格好であったが、さすがに大名家に仕える女人だけあって、なかなかの貫禄と気品を漂わせていた。目付の中島にも臆さず、むしろ上から睨みつけるような目つきのまま、腰を下ろした。

「中島殿」

「ハッ」

梅ヶ谷は美鈴にチラリと、意味ありげな視線を向けてから、言った。

「そこなる者の申しようは、間違ってはおらぬ。八巻殿は屋敷の濡れ縁を離れてはおり申さぬぞ」

中島が顔色を変えた。

「な、なんと仰せなさる！」

梅ヶ谷はしれっとした顔つきで続けた。

「妾《わらわ》は見たままを、ありのままに申しておるだけじゃ。妾は庭の騒動を聞きつけて奥御殿より駆けつけて参った。そうして、一部始終をこの目でしかと見届けたのじゃ。八巻殿は縁側を離れてはおらぬ。この梅ヶ谷が証人じゃ」

「梅ヶ谷殿！　しかし、八巻の刀には血がついておったのですぞ！」

「知らぬ」

「し、知らぬ、とは……」

「知らぬものは、知らぬとしか言い様がない。八巻殿に御家老を斬れたはずがない。その刀に、なにゆえ血がついていたのかは見当がつかぬ。そう申しておるだけのこと」

勝ち誇ったような顔つきで言われてしまい、中島は握り拳を震わせた。

梅ヶ谷は楓ノ方の傅役であると同時に、楓ノ方と一緒に、この川内家に乗り込んできた外交官でもある。楓ノ方の実家の大名家とは密に連絡を取り合っている。そんな相手を怒らせることは、目付の中島にもできない。まして、その言を疑ったりすることは許されなかった。

梅ヶ谷が「八巻はこの件に関わりがない」と言うからには、そのように話を進めていくより他にないのだ。

「わ、わかり申した……」

中島は、苦々しげに声を絞りだした。

「大方、この血は、八巻殿が剣の修行で、犬猫でも斬った際についたものでござろう……」

敏捷《びんしょう》な小動物の群れを斬って、剣の業前《わざまえ》を磨くことは、この時代にはよく行われていた荒稽古であった。

梅ヶ谷は、ツンと澄ました顔つきで頷いた。

「左様か。では、八巻殿の嫌疑は晴れたということじゃな。しからば、妾はこれにて。中島殿、お役目ご苦労にござった」

梅ヶ谷は下女たちを従えて悠々と去っていった。中島と配下の者たちは、畳に両手をついて見送った。

「それじゃあ、あたしは帰ってもいいってことなんでしょうかね？」

卯之吉のすっとんきょうな声が、座敷に響いた。

第五章　お化けからくり

一

「八巻様は、無事にお屋敷を離れましてございまする」

奥御殿に仕える侍女が、楓ノ方に向かって言上した。

楓ノ方の面から憂悶《ゆうもん》がサッと払われた。それを見た梅ヶ谷は、侍女に顔を向けて言った。

「ご苦労だった。そのほうは下がって休め」

「あい」

侍女は再び低頭し直すと、スルスルと背後に下がっていった。

侍女が居室を離れたのを見計らって、梅ヶ谷は楓ノ方に笑顔を向けた。

「どうやら、首尾よく運んだようにございまする」

楓ノ方はわずかに顎を引いて頷いた。

「あの者が人殺しの罪を着せられ、咎《とが》められるなど、あってはならぬこと」

梅ヶ谷にチラリと目を向けて、わずかに頭を下げるような仕種《しぐさ》をした。

「その方、今宵はよく働いてくれた」

梅ヶ谷はサッと平伏した。

「恐れ多いお言葉。梅ヶ谷、生涯の誉れにございまする」

と言った後で、少しだけ、微妙な顔つきになった。楓ノ方が目敏《めざと》く、梅ヶ谷の表情の変化を見咎めた。

「なんじゃ。なんぞ、思うところでもあるのか」

「ハッ。……しかれども、ならば、家老の上田殿を殺《あや》めたのは、いったい何者なのであろうか、と」

楓ノ方の美しく整った顔が、一瞬、般若《はんにゃ》のような形相になった。

「うぬは、やはり、あの者が上田を斬ったと考えておるのか」

「いえ、けっしてそのような。……しかし、上田殿を殺めた者が、この屋敷内にいたことは事実。とすれば、その者は今もどこかに……」

「上田めが庭に引き入れておった悪党どもこそが怪しい」

「悪党とはいえ、雇い主を殺めるものでございましょうか？」

「やはり、八巻が怪しいと思っておるのか！」

「いえ、けっして……」

「あの者は、人を殺せるような男ではない。目を見ればわかる！　青空のように澄みきった、天人のように美しい目をしておったわ！」

無責任で無気力で、当然悪意も邪気もない卯之吉の顔は、楓ノ方の目にはそのように映ったものらしい。ちなみにその顔つきを南町の同心たちは〝腑抜けヅラ〟と呼んでいる。

天人にしても腑抜けにしても、人殺しのできる顔つきではないことは確かだ。

梅ヶ谷は、楓ノ方の機嫌をこれ以上損ねないように気をつけながら、言上した。

「なれど、上田殿が殺された凶事は、当家にとってないがしろにはできぬ一大事。このままで済ますわけには参りますまい」

「いかにも左様じゃ」

「どうあっても、下手人を捕まえなければ事は収まりますまい。となれば、『やはり八巻殿が』などという話にもなりかねませぬ」

このような大事件の場合、迷宮入りは絶対に許されない。

「いざとなれば、怨霊《おんりょう》の仕業、ということにすれば良かろう」

「下女や中間《ちゅうげん》が殺されたのならともかく……。それでは諸人が納得いたしますまい」

「ならば……」

考え込んでいた楓ノ方の顔つきが、何を思いついたのか、急に明るくなった。

「ならば、八巻を呼ぶが良い！」

「はっ？」

楓ノ方は、自分の閃《ひらめ》きに酔いしれたような顔をした。

「あの者は南北町奉行所きっての切れ者じゃ。きっと真の下手人を探り出し、己の才覚で、己にかけられた冤罪《えんざい》を晴らすであろう」

「奥方様、怨霊騒動を仕掛けたのは、我らにございまするぞ」

南町の同心、八巻卯之吉が真相を暴いてしまったら、美濃守を嵌《は》めようとしていた楓ノ方と上田萬太夫一派の策謀が白日の許に晒《さら》される。

梅ヶ谷は呆《あき》れ顔で楓ノ方を見た。

（恋の病をこじらせてしまったのでございましょうか）

楓ノ方の命に従って、見てもいないことを見たと証言して、八巻の窮地を救ってやった梅ヶ谷だが、やはりあそこで八巻に罪をなすりつけておいたほうが良かったのではないか、などと後悔した。

二

「お峰ッ、手前《てめ》ェ、なんてことをしてくれやがった！」

山嵬坊が血相を変えてお峰に詰め寄った。

「仕事の依頼主の御家老様を手にかけるたぁ、どういう料簡だ！　しかもその首を灯籠《とうろう》の上なんぞに据えやがって！」

ここは山嵬坊の隠れ家。仕事がしやすいようにと、川内家の上屋敷の近くに借りた仕舞屋《しもたや》だ。台所でお峰が、鉈《なた》に似た形の刃物——山刀を研いでいる。驚くべきことにお峰は、この刃物で上田萬太夫の首を斬り落としてしまったのだ。さすがの山嵬坊が啞然呆然《あぜんぼうぜん》とする手際であった。

お峰は顔色も変えずに答えた。

「あたしは八巻を仕留めるんだといった筈《はず》だよ」

「なに言ってやがる！　手前ぇが殺したのは家老のほうじゃねぇか」

　お峰は憎々しげな視線を山嵬坊に向けた。

「察しが悪いねぇ。八巻といえば、人斬り同心の異名をとるほどの手練《てだれ》だよ。女の細腕で太刀打ちできるわけがないだろう」

「だからといって、どうして上田を殺さなくちゃならねぇんだ」

「その罪を八巻になすりつけようって魂胆だったのさ」

「なんだと」

「大名屋敷では屋敷に上がる時に一旦、刀を預けなくちゃならないだろ。その隙に侍女に化けたあたしは、八巻の刀に犬の血を塗りこんでおいたのさ」

「なんだって」

「それで、上田萬太夫を殺した罪を、八巻になすりつけることができるはずだったのさ。──化け物と見間違えて、家老の首を刎《は》ねちまった八巻、ってね。八巻はとんだ恥をかかされて、江戸中の笑い物になった挙げ句に、詰め腹を切らされる──あたしの思惑では、きっとそうなるはずだったのさ」

「お、お峰……、手前ぇ、恐ろしいことを考えやがる……」

「それぐらい八巻には恨み骨髄ってことサね。だけどね……」

いかなる手段を使ったかは知らぬが、八巻はスルリと窮地を脱してしまった。翌朝には上屋敷の門を出て、八丁堀の屋敷に帰ってしまったのだ。

（いったいどうやって、嫌疑を晴らしたっていうんだい！）

血のついた刀を差していたのだ。

怨霊を退治しようとして（あるいは怪談の仕掛けを暴いてやろうとして）庭に踏み出した八巻が、同様にして庭に出ていた上田萬太夫を、怨霊と見間違えて誤殺した。川内家の者たちは皆、そう考えるに違いなかったはずなのだ。

（八巻のヤツ……！）

我が身の嫌疑をスラスラと晴らし、川内家の者どもを納得させてしまったのに違いない。

（さすがは南北町奉行所きっての切れ者同心、ってことかい）

放蕩《ほうとう》息子あがりだと馬鹿にしていたツケが回ってきたようだ、と、お峰は臍《ほぞ》を噛んだ。幾多の難事件を解決し、大勢の大盗賊をお縄に掛けてきた実力は本物であったのだろう。

山嵬坊がお峰を睨《にら》みつけた。

「なにをブツブツ言っていやがる。それに、この落とし前をどうつける気だ。俺たちは家老の上田から金を受け取る手筈だったんだぜ」

「なら、上田の手下にツケを回せばいいじゃないのさ。薄田半次郎とかいう軍師がいただろう」

「家老を殺しちまって、どのツラ下げて薄田のところへ行けって言うんだ」

「察しが悪いねぇ。上田を殺したのは八巻だよ。そう言って、敵討ちを持ちかけりゃあいいだろう。それでもウンと言わなかったら、『それならこっちからお殿様に、恐れながらと訴え出ます』と言えば、薄田だって切腹覚悟だ。残りの半金を寄越してくるだろうさ」

「む、むむむ」

お峰は斜に構えると、細身の煙管を口に咥《くわ》えた。

「それにだねぇ、まだ勝負はついちゃいないのさ。ようは、なにがなんでも八巻に家老殺しの罪をなすりつけてやればいい、って話だろう。そうすれば八巻の立場はなくなる。評判も落ちて、町奉行所から追い出される。それでお江戸の悪党どもは息を吹き返すって寸法さね。簡単なことじゃないのさ」

「どうする気だ」

お峰は、小馬鹿にしたような目つきで山嵬坊を見て、「ふふんっ」と鼻先でせせら笑った。

「まぁ、見ていておくんなさいよ」

日本橋の大通りに瓦版売りが立った。

「さぁ、てぇへんだ、てぇへんだ！　さるお大名のお屋敷に、おっかねぇ怨霊が出たっていうから驚きだ！」

瓦版の束を棒でパシパシと叩いて拍子を取りながら、よく通る声で道行く人々に呼びかけた。

江戸一番の商人地の目抜き通りであるから、大勢の人々が行き交っている。瓦版売りはその人出を目当てに乗り込んできて、分厚い束になるほど刷った瓦版を売りまくって大儲けしてやろう、とたくらんでいるわけだが、しかし、行き交う人々は皆、怪訝《けげん》そうな、あるいは端《はな》から小馬鹿にしたような目で、その瓦版売りを見、あるいは黙殺した。

日本橋は江戸の経済の中心地であるから、集まる人々も聡明な者たちだ。両国の見世物小屋の近くであれば、怨霊話に興味を持つ者もいるであろうが、堅気の商人は、そのような戯言《ざれごと》には興味を持たない。

それでも瓦版売りは、負けじと大声を張り上げ続けた。

「怨霊に脅されたお大名と御家来たちが、いってぇ誰を頼ったと思いなさる。聞いて驚け、見て驚け、南町の八巻様に怨霊退治を依頼なすったっていうから、さぁ驚いた！」

人々の顔つきが一斉に変わった。

「南の八巻様だって？」

「八巻様のお化け退治か！」

ザワザワと騒ぎ立てながら人々が集まってくる。瓦版売りは、大量に刷った瓦版が残らず捌《さば》けそうな気配を感じて、ニヤリと口元をひん曲げて笑った。

「そういうことよ！　南町一の剣客同心、八巻様のご出馬だ！　いつものように鮮やかなお手並みで、怨霊どもをお縄にかけて、お大名様も大喜び、枕を高くして寝られるってぇ運びになるはずだったのが、さすがの八巻様も、怨霊が相手となっちゃあ、ちと、勝手が異ならぁ」

ここで瓦版売りは、思わせぶりに口上を切った。

「いったいどうなったんだい」

商家の隠居らしい老人が、せっかちに口をはさんだ。お供の丁稚《でっち》まで、固唾《かたず》を飲んで見守っている。

他にも、お使いに出された下女や、掛け取りの手代、虚無僧《こむそう》姿の浪人まで聞き耳を立てていた。皆、噂の辣腕《らつわん》同心、八巻卯之吉の動向に興味津々なのだ。

十分に間をとって期待を持たせてから、瓦版売りは得意気に語り始めた。

「さてお大名屋敷に乗り込んだ八巻様、頃合いもよく夜も更けて、生温い風も吹いてきた。さぁいよいよ刻限だってんで、まんじりともせず眼光鋭く、怨霊が出るってぇ、庭を睨みすえていなさった」

観衆の一人がゴクッと生唾を飲んだ。

「するってぇと、夢かうつつか幻か、世にも恐ろしい形相の怨霊が、ひとーり、ふたーり、またひとーり、と、闇の中からボウッと浮かび上がってきたっていうじゃねぇか！」

女たちが「きゃあ」と悲鳴を上げる。男たちも顔を恐怖に引きつらせた。

「さてこそ八巻様、推参なり怨霊めが、このわしが引導を渡してくれようと、伝家の宝刀を鮮やかに引き抜き、怨霊目掛けて斬りつけた！」

豪商のお嬢様が耳を塞いでしゃがみ込む。お供の老女も恐怖に震えて、お嬢様を介抱するどころではない。

「えいやっ！　ずんばらり！　と、さすがは剣客同心の八巻様、怨霊の一人を見事、討ち取ったのだが、これがなんだか様子がおかしい」

「どうおかしいんだい」

「いったい何があったんだ」

再び間を取った瓦版売りに、集まった男たちが口々に訊ねた。

「さぁそこだ。八巻様の気合一閃《いっせん》、怨霊を討ち取った気配を聞きつけたお大名屋敷の侍《さむれ》ぇたちが、手に手に提灯《ちょうちん》を掲げて集まってきた。そして、八巻様の足元に転がっていた幽霊に明かりを向けると――」

「どうだったんだい！」

「さぁ、その顛末《てんまつ》がここに書いてある。一枚たったの十六文だ！　さぁ、買った買った！」

弾かれたように群衆が、小銭を握って瓦版売りに突進した。嫁入り前の娘も、腰の曲がった隠居も必死の形相で押し合いへし合いする。瓦版の十六文は法外な値段だ。一枚二文から四文、大事件でもせいぜい八文が瓦版の相場である。しかしその瓦版は次々と売れて、彼ら、彼女らの手に渡った。皆で文面を読みくだして、一様に目を丸くさせた。

「な、なんだって！」

「まさか、八巻様が……！」

そこから先は人にはいえない。十六文払った自分だけが驚く権利がある、と言わんばかりに口を閉ざし、しかし目をひん剝《む》いて読み進めた。

瓦版売りが片手に持った紙の束は、もうだいぶ薄くなっている。代わりに腹のどんぶり（小銭を入れる腹巻）は重くなる一方だ。思惑通りに大儲けできた瓦版売りは、口の端を歪《ゆが》めてほくそ笑んだ。

その時、

「おい、瓦版屋」

破れ鐘のような塩辛声で、一人の男が声をかけてきた。

「俺にも一枚寄越せ」

「へい。十六文で。毎度あり」

波銭を四枚受け取って、瓦版売りは瓦版を一枚渡した。渡された男は、ずいぶんと顔を近づけさせて、舐《な》めるようにして読んでいたが、突然、瓦版をビリッと引き裂き、両手でクシャクシャに丸めた。

「手前ェッ！　根も葉もねぇ大嘘を書き並べやがって！」

突然に罵声《ばせい》を浴びせかけられ、瓦版売りはギョッとして男に目を向けた。そして一瞬にして顔面を蒼白にさせた。

「あッ、荒海の……三右衛門親分ッ……！」

赤坂新町の俠客、人呼んで荒海ノ三右衛門が、朱塗りの不動尊みたいな憤怒の形相で睨みつけている。眉は逆立ち、眦《まなじり》は逆しまに裂け、低い獅子鼻の大きな鼻の穴からフガーッと鼻息を吐いていた。

「八巻の旦那が、大名家の家老を斬っちまっただと！　そんな馬鹿な話があるけぇッ！」

怒りも度を過ぎると、頭のどこかが奇怪《おか》しくなってしまうらしい。三右衛門は怒り顔のまま、ケタケタと笑った。

三右衛門は俠客の世界の大立者である。かつては武闘派で鳴らした大悪党だったのだが、何故か急に改心して、昨今は南町の八巻の手下《てか》になっている。南町の八巻とは対で語られる有名人だ。当然この瓦版売りも、三右衛門が八巻に従っていることを知っていた。

同心八巻の不祥事を書いた瓦版を売っているところを、その手下に見つかってしまったのだ。そもそも瓦版は地下出版物である。善いことが書いてあったとしても取締りの対象だ。それなのにこの瓦版はこともあろうに同心の失態を書いている。これはただでは済まされない。

「ひいっ」

瓦版売りは悲鳴を上げて、足場にしていた樽の上から飛び下りた。だがすぐにその首根っこを三右衛門の大きな手で摑《つか》まれた。

いきなり地べたに投げ飛ばされて転がされる。さらには三右衛門の「おいっ」の一言に反応した荒海一家の子分どもに取り囲まれて、散々に足蹴にされてしまった。

「それぐれぇ懲《こ》らしめてやれば十分だろう」

三右衛門の命令で乱暴が止まる。さすがに喧嘩慣れした連中で、内臓などの急所は外して蹴っていたから死にはしないが、それでも着物は無残に乱れ、肩や腰や太腿などには紫色の痣《あざ》がいくつもできていた。

「やいっ」

三右衛門が瓦版売りの両衿を摑んでギュウギュウと絞り上げた。

「手前《てめ》ェ、いってぇどこからこんなヨタ話を仕入れてきやがった」

瓦版売りは、青く腫《は》れ上がった片目を瞬《しばたた》かせながら言った。

「堪忍しておくんなせぇ親分さん。あっしはただ、これを売るように言われてきただけの使い走りなんで」

「やいっ、この俺を誰だと思っていやがる。八巻の旦那の一の子分、荒海ノ三右衛門だぞ！　そんな言い訳が通用するとでも思っていやがるのか！」

「ほ、本当なんで……。お目溢《めこぼ》しくだせぇ」

「八巻の旦那の悪口を書いておきながら、目溢しろだと？　そうはいくか。手前ェは遠島だ！　いや、俺がお前の悪事をでっちあげてやる！　獄門台に送りつけてやるからそう思え！」

本気で言っているのか、ただの脅しなのかはよく分からない。ともかく瓦版売りは震え上がった。

「か、堪忍しておくんなせぇッ！　本当にあっしはただの売り子なんで……」

「版元はどこでぇ。版元の所へ案内しな。一人残らずお縄にかけてやるぜ！」

「そんなことをされちまったら、あっしはおまんまの食い上げでさぁ」

「じゃあ獄門台に行くか？　三尺高い木の上で、品川の海を眺めながら食う飯は格別だろうぜ」

「そんな……、死んじまったら、おまんまは食えませんよ……」

結局瓦版売りは、瓦版を刷った者たちの名と居場所を白状した。三右衛門が「それっ」と命じると、子分どもが尻を捲って走り出した。瓦版屋の一味は残らず捕縛されてしまうに違いなかった。

「お前は大番屋で頭を冷やすんだな」

力任せに縄を掛け、瓦版売りを引っ立てたその時、

「あっ、三右衛門親分」

ヒョコヒョコと滑稽な足取りで銀八が歩み寄ってきた。

足取りばかりか顔つきまで滑稽で間が抜けている。この場で何が起こっていたのか、まったく知らない様子だ。

「親分、ウチの旦那、見やせんでげしたか？」

三右衛門が縄つきを引きずっていることなど、まったく気にする様子もなく、呑気《のんき》に訊ねてきた。

「なんだと？　お前ぇ、旦那と一緒じゃねぇのか」

「へぇ、面目ねぇ。昨日の朝、川内様のお屋敷から帰ってすぐに、姿を消しちまったんでさぁ」

「川内様のお屋敷だと？　やい銀八、手前ェ」

三右衛門は、瓦版売りが後生大事に抱えていた瓦版の売れ残りを一枚、引っ張りだして、銀八の顔の前に突きつけた。

「この騒動があった時、手前ェは旦那と一緒にいたってことかい」

銀八は瓦版を受け取って、ひょっとこみたいな顔つきで読んだ。

「へい」

銀八が答えると三右衛門が、「詳しい話を聞かせやがれ！」と叫び、瓦版売りまでもが職業意識を丸出しにして「あたしも是非、お聞きしたいですねぇ」と言った。三右衛門は瓦版売りをポカリとひとつ、殴りつけた。

銀八は答えた。

「でも、ここに書いてあることは間違いですよ。御家老様のお亡骸《なきがら》が庭に転がっていたのは本当でげすが、ウチの旦那は縁側から外に出ちゃあいやせんでげしたから」

「ほぅら見やがれ手前ェ！　根も葉もない嘘八百を書き並べやがって！」

三右衛門は瓦版売りを突き転がして蹴りをくらわした。瓦版売りは「ギャッ」と叫んで悶絶した。

「それで銀八、旦那は八丁堀のお屋敷に戻ってすぐにお姿を消しちまったっていうんだな」

「へぇ。そうなんでげす」

三右衛門は不敵な思案顔で顎を撫《な》でた。

「旦那お得意の神出鬼没か。きっと、家老殺しの下手人探しを始めなすったに違《ちげ》えねぇぜ」

そう言ってから、少しだけ情けなさそうな顔をした。

「そういうことなら、この三右衛門に一声掛けてくれりゃあいいのに……」

いくらでも一家の若い衆を走らせよう、という話だ。

「旦那、いってぇ、どこに行っちまったんだ」

三右衛門は霞のかかった春の空を見上げた。

三

「ちょいと若旦那ァ、いったいどうしちまったんだよォ」

由利之丞が呆《あき》れ顔で卯之吉を見おろした。

その卯之吉は昼間だというのに布団を敷かせてその中にもぐりこみ、春もたけなわの陽気なのに頭まで掛け布団を引っ被って身震いをしている。由利之丞が揺さぶっても、引っぱたいても、かたくなに布団から出てこようとしない。

「こりゃあ、まるで亀だね」

いい加減に呆れ果てて、由利之丞は座り直した。

ここは深川にある陰間茶屋だ。陰間と呼ばれる美少年が、同性愛者の男性客を接待し、時には春を売る見世である。由利之丞は、本職は若衆方の役者であったのだが、役者としては一向に芽が出ないので、ずいぶんと長い間この陰間茶屋に勤めていた。

先日は、卯之吉が金主になってくれたお陰で大舞台を踏むことができた。しかし、その評判は芳しくなかった。『顔は良いが媚《こび》を売りすぎ』『唄も踊りも三流』というのが、芝居数奇《すき》たちの評価だ。大向こうを唸《うな》らせる名優になるためには、まだまだ修業が必要なようである。

というわけで由利之丞は、今日も生活費を稼ぐため、陰間茶屋で働いている。

「若旦那、お奉行所に出仕しなくてもいいのかい。もう九ツ（正午）を過ぎてるよ」

布団の中から震える声が聞こえてきた。

「お奉行所なんかどうでもいいよ。あたしはもう、一生、この布団から出ない。そう決めたんだ」

由利之丞はいよいよ呆れた。

「そりゃあ、お足さえ出してくれるなら、いつまで居続けてもかまいやしないけどさ。でも、銀八《ぎんぱ》っつぁんが困ってるんじゃないのかい」

「うん。だからここに隠れているんだ。銀八はあたしが行きそうな見世は残らず諳《そら》じているからね」

「はぁん？」

「も、もしも銀八がここに来たらね、あたしはいないと言っておくれよ」

布団の中で蠢《うごめ》いていたと思ったら、片手だけをニュウッと突き出してきた。その指先に一分金が摘まれている。

由利之丞は金を受け取って懐に入れた。

「そういうことなら請け合うけどさ。……いったい何があったんだい。こんな若旦那を見るのは初めてだ」

江戸中を震撼《しんかん》させる怪盗や凶賊を相手にしても、常に平然と薄笑いを浮かべていた男である。そもそも、子分同然にこき使っている荒海ノ三右衛門だって、泣く子も黙る侠客の大親分。目の前に立たれただけで小便を漏らしてしまうほどに恐ろしい相手だ。

「いったい、なにがあったのさ。話して御覧よ」

客の悩みや鬱屈を慰めてあげるのも、接客業の大事な仕事だ。

それでも卯之吉は布団の中で身震いを繰り返すばかり。

「あ、あたしの口からは、恐ろしくて言えないよ。ああ、思い出すのも嫌だ」

「困ったねぇ。囃子《はやし》方でも呼ぶかい？」

賑やかに演奏させて、その中心で自分が若衆舞でも披露すれば、多少は元気づくかもしれない。などと由利之丞は考えた。

由利之丞本人は、自分の踊りに自信を持っているのだが、しかし、由利之丞が役者として芽が出ない理由のひとつが、踊り下手にある。

「ねぇ、一人で悩んでいないで、なんとかお言いよ。世話になってる若旦那のお悩みだ。オイラにできることならいくらでも力を貸すからさ」

由利之丞の顔つきは、年頃の娘たちに負けないほどに愛らしいが、性格も、ちょっと娘じみている。こういう展開になると実にしつこい。執拗《しつよう》に迫られて根負けした卯之吉は仕方なさそうに、昨夜の顚末を語って聞かせた。

「ははぁ……」

由利之丞は何事か、合点がいった様子で頷いた。

「若旦那は、怪談芝居は見に行かないのかい？」

卯之吉は布団の中でかぶりを振った。

「行きませんよ。そんな恐ろしいもの。どうして金を出して怖い思いをしなければならないのか……」

「ハァん。だから知らないんだ」

「知らないって、なにをだぇ」

「いや、だからさ。若旦那とそのお大名様が見たっていう化け物は、芝居の道具立てでいくらでもでっちあげることができるってことさ」

「えっ……」

卯之吉は布団の中から顔を出した。

「本当かい？」

「ああ本当サ。ここのところ和事《わごと》が廃《すた》れて、怪談芝居なんかが流行《はや》ってる」

和事とは、男女の恋愛模様を叙情的に描いた芝居のことだ。芝居にも流行り廃りの波があった。

由利之丞はブツブツと文句を言った。

「和事が盛んならオイラにも出番が回ってくるけど、化け物芝居じゃオイラの出番はナシだよ。まったく嫌になっちまう」

美少年の自分は、和事全盛の時代なら日の目を見たはずだ、と信じている様子であった。

「だけどね。化け物芝居じゃ、大向こうが喜ぶのは奇妙奇天烈《きてれつ》な仕掛けだよ。役者の顔にまで醜い道具を被せようとするんだからね」

卯之吉は布団から這《は》い出して、由利之丞ににじり寄った。由利之丞はびっくりして後ろにのけぞった。

「ど、どうしたんだい、若旦那」

卯之吉は珍しく真剣な顔つきで、勢い込んで訊ねた。

「そういう道具造りを得意になさっておられるお人がいなさるのかえ」

「あ、ああ……。中村座に俵蔵《ひょうぞう》さんてぇお人がいる。まだ若いけど、お化け道具にとり憑《つ》かれちまったって評判さ」

「そのお人に引き合わせてはもらえないかね」

「そ、そんなのは、いつでもかまわないけど」

「じゃあこれから行こう」

そう言い残すと、いきなり座敷から飛び出していった。由利之丞は呆れ果てて、開け放たれたままの襖を見つめた。

「まったく、困ったお人だよ」

しかし、とすぐに考え直した。

(中村座の座元様に、口利きをしてくれるかもしれないからね)

三国屋の若旦那は、その豪快な蕩尽《とうじん》ぶりで勇名を馳《は》せている。中村座の座元は狷介《けんかい》な人物として知られているが、卯之吉にだけは、下にも置かぬ態度をとるはずだ。

(若旦那が金主になってくれさえすれば、オイラも中村座の舞台が踏めるってもんだ)

資金がなければ幕が上がらないわけだから、金を出す者の言い分はたいがい通る。由利之丞は、先日の失敗に懲りもせず、これは好機だ、せいぜい若旦那のお役に立とうと決意して、急いで卯之吉の後を追った。

四

卯之吉は町人の身形《みなり》で、問題の俵蔵の長屋へ向かった。芝居者のところへ赴くには、同心よりも三国屋の若旦那のほうが都合がいいし、顔も利く。それに万が一、卯之吉の顔を見知っている千両役者などに同心八巻の正体を見破られてしまわないとも限らない。

芝居に関わる者たちは、葺屋町《ふきやちょう》と堺町《さかいちょう》の二箇所、俗に言う二丁町《にちょうまち》に集められて生活していた。

千両役者は文字通り、年に千両を稼ぐ大金持ちだが、いつの世でも芸の世界は、ごく一握りの成功者と、大勢の貧乏人とで成り立っている。昨今、化け物道具の若手名人として名を揚げ始めた俵蔵も、薄汚い裏長屋のひとつを借りて生活していた。

「おや、これは」

長屋に入っていくなり卯之吉は、俵蔵への挨拶もなく、部屋の隅に転がっていた生首に目を止めた。

「良くできているねぇ」

無念の形相を浮かべた作り物を拾い上げて、繁々と眺めた。右に左に傾けているうちに生首は、口の端から赤い血を一筋流した。

「おや、これは絵の具だ。海綿に染み込ませてあるのだね。こうして手に持っているうちに絵の具が染み出てくるわけだ」

不気味な作り物をためつすがめつ観察しては、感心の様子でしきりに鼻息を漏らしている。

その様子を見て由利之丞は、ひたすら呆れ果ててしまった。ついさっきまで怪談話に怯《おび》えきって、布団を被って震えていた男とは思えない。その生首の作り物は、昨今評判の俵蔵の手によるものだけあって、鬼気せまる出来ばえだ。芝居の小道具には慣れているはずの由利之丞ですら、身震いしてしまったほどだった。

その生首を卯之吉が、口元にほんのりと笑みを含みながら玩《もてあそ》んでいる。卯之吉は芝居者の間でさえ、役者にしたいぐらいだと評判を取っている色男だ。色白で細面の優美な微笑と、無残な生首との対比がおぞましく、由利之丞はますます恐ろしくなった。

「わ、若旦那、恐くはないんですかえ」

思わず訊ねると、卯之吉は「えっ」という顔つきで見つめ返してきた。

「なにがってすよ」

「なにがって、その生首がですよ」

卯之吉は「ふふふ」と笑った。

「これは作り物だよ由利之丞さん。お前さんもたいそう、そそっかしいね」

作り物なのは百も承知だ。やっぱりこの若旦那は浮世離れしている。

「作り物にしたって、人間様の生首の形《なり》をしているんだよ。怖いじゃないか」

とは言ってみたものの、この卯之吉は蘭方医の修業をしていたこともある。死体の解剖も行うし、それどころか生きている人間を切り刻んだり、針と糸とで縫い合わせたりもするのだ。

（本物の生首だって、怖がりゃしないに違いないよ）

どうにも話が嚙み合いそうにない、と由利之丞は実感した。

その時、薄暗い裏長屋の、さらにもっと薄暗い奥の壁際に座っていた男が、斜にかまえながら「フン」と鼻を鳴らした。

「世間じゃあ大通人と評判の、三国屋の若旦那が、そんな出来の悪い作り物に、そこまで感心しなさるとは。ふんッ、世間の評判もたいして当てにはならねぇもんだなァ」

おそろしくひねくれかえった物言いである。しかもその顔つきが、まだ二十代初めの若造だろうに、世間の辛酸《しんさん》を舐め尽くした老人みたいな顔つきで、満面をきつく顰《しか》めていた。

良く聞けば、謙遜《けんそん》しているのだということはわかる。卯之吉があまりにも大げさに感心し、やたらと褒《ほ》めるものだから、照れてしまったのかもしれない。

（それにしたって、物には言い様ってモンがあるだろう）

由利之丞は、いったいどうなってしまうことやらとハラハラした。

卯之吉は「おや」と顔を上げ、俵蔵を認めて微笑《ほほえ》んだ。

「そこにおいでなのは本物のお人だったのかえ。あたしはそれも、作り物の人形なのかと思っていたよ」

俵蔵の長屋には、いくつも等身大の人形が転がっている。陰気な顔つきの俵蔵は、確かに芝居の大道具に見えないこともなかった。

「動きさえしなければ、作り物にしか見えないよ」

卯之吉がそう言うと、なぜか俵蔵は、顔面を真っ赤にさせて激怒した。

「馬鹿ァ言うない！　俺の仕掛けは動く！　人間の役者よりも立派に芝居をするんだ！　そこに突っ立ってる木っ端《こっぱ》若衆なんぞ、俺の人形の足元にも及びやしねえんだぞ！」

唐突に引き合いに出されて侮辱され、由利之丞もむかっ腹を立てたが、しかし、この俵蔵も変人なのだ、若旦那と同じで話の噛み合う相手ではない、と自分に言い聞かせて怒りをこらえた。

一方、卯之吉は、なにやら嬉しそうにニコニコしている。

（このお人は、本物の職人のようだねぇ）

性格が依怙地《いこじ》にひねくれている。

卯之吉はかつて、袋縫いの職人になろうとしたことがあった。だから職人気質というものを、少しは理解している。

おおよそ、職人の仕事というものは、なかなか素人には理解されない。例えば、日本一の袋縫いの名人と、そのへんにいくらでもいるお針子と、どれほど縫い方に差があるかといえば、それは、目利きが見ればすぐにわかるが、素人目にはよくわからないものだったりする。

職人は、腕が上がれば上がるほど、自分の腕前を正当に理解してもらえない、という現実に直面させられる。その口惜しさがこうじると、「お前らなんかに俺の仕事がわかってたまるけぇ」というひねくれた境地に達してしまう。どうせ誰からも理解してもらえないのだ、という孤独に苛《さいな》まれるのだ。

（このお人はそれだねぇ）

日本一の腕前で、怪談芝居の道具を作っている。しかしそれはあくまでも大道具、小道具だ。観客が見に来ているのは役者であり、道具は役者を引き立てる脇役でしかない。己の腕前に自負がある者ほど、堪えがたい状況であるのに違いなかった。

というわけで卯之吉は、繁々と眺めた生首と、狷介な人物を見て、この俵蔵がただならぬ腕を持った職人であると見抜いたのであった。

「あがっていいかえ」

人懐こい笑みを俵蔵に向ける。俵蔵はひねくれた顔つきで、プイと横を向いた。

「こんな汚《きたね》ぇ所にあがりこんで、三国屋の若旦那のお召し物が汚れてもいいってんなら、オイラは構わねぇぜ」

「あいよ。お邪魔するよ」

卯之吉は軟体生物のような所作で板敷きにあがった。貧乏長屋には畳も敷かれていない。汚い莚《むしろ》が広げられているだけだ。

卯之吉は帯から下げた莨《たばこ》入れをあけて煙管を取り出し、一服つけようとした。

すかさず俵蔵が口をはさんできた。

「おっと、ここで火の気は困るぜ」

「なんだえ、莨の煙がお嫌いかえ」

「ここの道具にゃあ、油を染みこませてある物もある。うっかり火がついたりしたら大変だ」

「へぇ。お化けの道具に油がねぇ」

「ほら、そこに転がってる大蛇《おろち》なんざ、布に鱗《うろこ》を描いたところへ油を塗って、蛇らしい体の光沢をだしているんだ」

なんのかんのと言いながらも、自分の仕事ぶりを話して聞かせたくて仕方がないようだ。

「なるほど、こいつは工夫だねぇ」

「他にもな、燃える物をいろいろと使うのが怪談話よ。まぁ、幽霊って言ったら光り物だからな」

「光り物」

「おうよ。闇の中で、こう仄《ほの》かに、ボンヤリと光っているのが幽霊ってもんだろ。それから、火の玉も飛ばすしな」

「ふむふむ。しかし、お芝居で火を扱うってのは、ずいぶんと気の張ることじゃないのかねぇ」

芝居の照明には火を使うより他ないのだが、江戸の町の最大の敵は火事だ。うっかり火元になったりすると、遠島や死罪になることもあった。吉原が浅草の田んぼの真ん中に移されたのも、吉原で大量に使われる蠟燭《ろうそく》や燭台の火が警戒されたからなのだ。

「おうよ。だがそこは頭の使いようさ。俺が裏方を勤める小屋では絶対に火事は起こさせやしねぇよ」

「頼もしいねぇ」

卯之吉は次第に俵蔵に引き込まれ、惚れ込みはじめている。その好意は俵蔵にも通じるし、自尊心を心地よく刺激しているようだ。ひねくれ者は不思議なことに、単純な性格であることも多かった。

「ふん、まぁな。……さすがは三国屋の若旦那ってことか。見るべきところはしっかり見えていなさるようだぜ」

ほんの少し前、手厳しく罵《ののし》ったことなどすっかり忘れて、そんなことを言った。ついでに足元の鞴《ふいご》を踏むと、傍《かたわ》らに置いてあったカエルの作り物が大きな口を開けてゲラゲラと笑った。無愛想な俵蔵の代わりに機嫌の良いところを見せたつもりのようだ。

由利之丞は、このまま非常識な二人に話をさせていたら、いつまでたっても本題に入らないと心配して、横から嘴《くちばし》を入れた。

「俵蔵さん、こちらの旦那はね、一昨日の夜、本物の幽霊を見てこられたのさ」

「なんだって？」

俵蔵が目を丸くして、ついでに口先を尖《とが》らせた。

「本物の幽霊だぁ？　馬鹿も休み休み言え」

この男も幽霊の実在を信じていないようだ。幽霊に深く関わりすぎてしまったせいだろうか。

卯之吉は微笑を浮かべつつ、俵蔵を見た。

「あたしもね、てっきり本物の幽霊を見てしまったのかと思って、それはそれは怯えたのさ。しかしね、俵蔵さん。あんたの作り物を見て、考えが変わった。どうやらあたしは、幽霊の道具を見せられていたようだねぇ」

俵蔵のひねくれた顔つきが改まって、急に不敵な面構えになった。

「なんのお話なのかさっぱり読めねぇ。旦那ほどの見巧者《みごうしゃ》を誑《たぶら》かした幽霊の仕掛けってのはなんなんですかい。あっしにもわかるように話してやっちゃあもらえやせんか」

「もちろんだよ。是非聞いてほしいね。そのうえで俵蔵さんのお考えを聞かせてもらいたいものだよ」

卯之吉は、川内家上屋敷での出来事を語って聞かせた。

俵蔵は卯之吉が語り終えるまで、口をはさまず黙り込んだまま、しかし両目だけは爛々《らんらん》と光らせながら聞いていた。

そして語り終えるや否や、「ううむ」と唸《うな》った。

卯之吉は俵蔵の顔を覗きこんだ。

「どうだえ？　俵蔵さんならこの幽霊騒動を、道具仕立てで引き起こすことができるかえ」

俵蔵は「フッ」と表情を弛《ゆる》めた。

「旦那、あっしなら、もっと上手にやってみせまさぁ」

「そうかえ？　下手かえ」

「いいや、けっして下手じゃあねぇです。大名屋敷の庭先に幽霊を出すなんざ、なかなかできねぇ手際だ。しかし道具立てが古くせぇや。あっしの工夫が世に出る前の、ちっとばかし前の工夫でござんすよ」

現在のお化け芝居を背負って立っているという自負があるのか、若い俵蔵はそう言い切った。

「なら、俵蔵さんはその仕掛けを見破ることがおできになるかえ」

「あっしがそのお大名のお屋敷に入ることができるのなら、へい。余さず仕掛けを見破って御覧に入れやさぁ」

「そいつは心強いね。是非、お願いしたいね」

ここで俵蔵は、不思議そうに首を傾《かし》げた。

「しかし旦那、どうして大名屋敷なんかに入ることができたんですかえ」

「ああ、それはね――」

卯之吉がうっかり本当の話をしたりなどしたら大変だ、と思った由利之丞が、慌てて横から口を添えてきた。

「三国屋様は、大名貸しもなさっておられる大店《おおだな》だよ」

大名貸しとは大名相手の金貸しのこと。俵蔵は「ああそうか」と納得した。三国屋が玉御崎藩に金を貸していて、その取引で大名屋敷に呼ばれ、怪異を目撃したのだと考えたのだ。

俵蔵は首を傾げた。

「それにしても、大がかりなことをしやがる。誰が幽霊を操っていたのかはわからねぇが、そいつらは旦那を脅かそうとしてやったことなんですかね」

卯之吉は目をあげた。

「何が言いたいんだえ」

「ですからね、幽霊の仕掛けを操っている連中は、いったい誰を驚かそうとして、そんな真似をしやがったのか、とね、そこに引っかかりを感じたんですよ。三国屋さんの借金を踏み倒すために、旦那を脅しにかかったのか、とね。しかし、そいつぁ間尺に合わねぇ」

「合わないかねぇ」

「化け物で脅かされたぐらいで、貸した金を諦めるような三国屋さんじゃねぇでしょう」

「それはそうだ」

卯之吉は笑った。実家の因業ぶりは、こんな貧乏長屋にまで伝わっているらしい。

「すると、考えられることはひとつしかねぇ」

「なんだえ」

「一番怯えていやがったのは誰ですかね。悪党どもはそいつを脅かす目的でやっていたのに違《ちげ》ぇねぇ」

卯之吉は即座に答えた。

「美濃守様だ」

五

翌日、卯之吉は俵蔵を引き連れて、川内美濃守の上屋敷を目指した。

銀八と美鈴も従っている。銀八は何がなんだかわからなかったが、それはいつものことなので、いつものように、呑気な顔つきで歩いていた。

上屋敷に訪《おとな》いを入れるわけだから卯之吉は、御拝領の、略紋のついた羽織を着ている。そのうえ腰には刀まで差していたのであるが、それを見ても俵蔵は、とくに不思議がったりはしなかった。

貨幣経済が急速に発達しつつあったこの当時、御用商人を士分として取り立てて、家中の経済政策に当たらせる大名家はいくつもあった。三国屋も借金の肩代わりとして、いくつかの大名家の特産品を一手引受で商っている。徳右衛門も大名屋敷を訪れる際は紋付きの裃《かみしも》を着て、刀を差していく。だから卯之吉が刀を差して大名家の家門の入った羽織を着けていても、別段、不思議なことではなかったのだ。

黒巻羽織姿であったなら、「どうして同心の格好をなさっているのか」と問われて面倒なことになるところであった。卯之吉は俵蔵に誤解させたまま、川内家上屋敷へ向かって歩いた。

「あっ、旦那！」

銀八からの報《しら》せを受けて待っていた三右衛門が、卯之吉の姿を認めて小走りにやってきた。

「川内様の上屋敷に乗り込まれるそうですな。あっしもお供させていただきやすぜ」

「そうかい？　それは心強いねぇ」

「そう言っていただけると、あっしの気持ちにも張りが出やすぜ。せいぜい努めさせていただきやす。……って、川内家のお屋敷に乗り込まれるってこたぁ、家老殺しの下手人の目星がついたってことですな」

卯之吉は、ちょっと困った顔つきで首を横に振った。

「目星がつくかどうかは、あちらのお人の眼力次第さ」

肩ごしにチラリと俵蔵に目を向ける。三右衛門も俵蔵を見た。

「ナニモンですかえ。若《わけ》ぇんだか、爺《じじ》むさいんだかわからねぇ野郎だ」

「うん。今度の謎解きに知恵を貸してくれるお人さ。悪いけど、大事にしてやっておくれじゃないかね」

「旦那に言われたら、否とはいえねぇ。ようがす。あっしの一家の客分として、大事に預からせていただきやすぜ」

「うん、頼むよ。ちょっとばかり難しい気性のお人だからね」

「見るからに、そういうツラつきをしてまさぁ」

卯之吉はクスリと笑った。

第六章　因果の報酬

一

「これは八巻殿……」

　近習番頭の塙がすっ飛んできて低頭した。

　卯之吉は、先日、怯《おび》えながら訪れた時とはうって変わっての晴れやかな顔つきで、屋敷の甍《かわら》など眺めている。ふと、気づいた様子で塙に視線を向けた。

「これは、塙様でございましたねぇ。いやはや、市中は大変な騒ぎになってしまいました。御当家の御家老様がお亡くなりになった、という噂で持ちきりでございますよ」

　塙は苦々しげな表情を浮かべた。顔色も相当に悪い。

「当家は厳重に秘していたものを、翌日には早くも瓦版などに書かれてしまい……。いったいどこから漏れたものか」

一気に喋《しゃべ》ってから、呑気《のんき》そうな卯之吉の顔を見て、

「まさか、八巻殿が瓦版屋に流したのではあるまいな！」

と、凄《すご》みをきかせた。

卯之吉はうっすらと微笑《ほほえ》んだ。

「まさか。あたしがこちらの御家老様を殺したという噂でございますよ。そんな悪い評判をあたしが流して、なんの得がありますかね」

「さ、左様……。これは失言でござった。許されぃ」

「まぁ、おたく様の御苦衷《くちゅう》を思えば、誰でも疑いたくなるお気持ちはわかりますよ。お殿様も、さぞやお気に病んでいらっしゃることでしょう」

「それは無論のこと」

「そこで、まぁ、差し出がましいことですが、ひとつ、今回のお化け騒動の謎解きをして差し上げようかと、老婆心ながらも思いたちましてね。こうして押しかけてきた、という次第でして」

塙の顔つきがパッと明るくなった。

「さ、さすがは八巻殿！　もう、悪党どもの目鼻がつき申したか！」

「あたしも人殺しの嫌疑を掛けられているのだからねぇ。まぁ、必死ですよ」

ぜんぜん必死には見えない涼しげな顔つきで嘯《うそぶ》いた。それから、背後に連れてきた俵蔵に目を向けた。

「あちらの御方が、幽霊の正体を暴いてくださる手筈《てはず》なんですがね。どうですかね。お庭に入れてもらえる身分じゃないってのは承知ですが、ひとつ、曲げてお願いできませんかね」

塙は卯之吉と俵蔵の顔を見比べていたが、

「上役に相談して参るので、暫《しば》しお待ちを」

と言って、御殿の裏へ走って行った。

やがて塙が羽織を持って戻ってきた。

「わしの羽織だ。わしの義弟ということで、庭へ入ることが許されることになった」

羽織を俵蔵に突き出した。ひねくれ者で世故《せこ》に疎《うと》い俵蔵は、訝《いぶか》しげに羽織を見つめていたが、卯之吉に、「それを着ないと、お庭には入れないよ」と言われ、急いで自分の羽織を脱いだ。

「若旦那を驚かせたってぇ仕掛けを、どうでもこの目で見たいからな」

などと呟《つぶや》きながら塙の古羽織に袖を通す。七万石の小大名の、勤番侍の、それも他人に貸しても惜しくないという古物だ。俵蔵は、ますます貧乏くさい姿となってしまった。

「それじゃあ、行こうか」

銀八と美鈴と三右衛門は、卯之吉の供という名目だから問題ない。卯之吉は四人を従えて、玄関脇の入り口をくぐった。


「おお、八巻！　よう参った！」

美濃守が上段の御座所から駆け下りてきて卯之吉の手を握った。粗忽《そこつ》な態度であるが、それほどまでに追い詰められ、心の余裕を失っていたのであろう。

「大変なことになった！　上田萬太夫の変死を、こともあろうに瓦版などに書かれてしまい……」

美濃守は問題の瓦版を握りしめている。市中のあちこちで同じ瓦版が売りに出されていたものらしい。今、荒海一家が手分けして版元を洗っている最中だ。

卯之吉はしれっとした顔つきで答えた。

「瓦版なんて物は、あることないこと書き連ねるのが常ですから、読む方も話半分です。きちんと町奉行所で対処するでしょう。気に病む必要もございますまいよ」

「ならば良いが……」

「まぁ、お座りくださいましよ」

卯之吉に言われて、美濃守は「ハッ」とした。ここは吉原のような無礼講の場所ではない。大名にあるまじき姿を晒《さら》していたと気づいて、急いで御座所に戻った。

卯之吉も下の座敷に座り直す。塙が白々しく、「南町奉行所、八巻卯之吉殿、御拝謁にございまする～」などと紹介した。

卯之吉は恭《うやうや》しく低頭する。

「美濃守様にはご機嫌うるわしゅう。ご尊顔を拝し奉り、恐悦至極に存じあげ奉ります」

「うむ。大儀である」

美濃守は（今更手遅れなのだが）尊大に頷き返した。

「して、八巻よ。塙の申しようによれば、そなた、我が屋敷を悩ます怪事を解きあかすべく訪れたと聞いたが、まことか」

「まことにございます——とお答えしたいところなのですが……」

卯之吉は御殿の庭に目を向けた。俵蔵があちこち走り回っている。あまり庭を荒らされたくない勤番侍や中間《ちゅうげん》たちとの間で悶着《もんちゃく》を起こしているようだ。その騒動に苦笑いしながら、卯之吉は続けた。

「あちらの御方が、謎を解いてくださるはずなんです」

美濃守はひとつ、頷いた。それから塙に命じた。

「好きなように我が庭を調べさせるように。便宜をはかってやれ」

塙は「ハッ」と答えて縁側に向かった。勤番侍と中間頭を呼んで、何事か命じた。

卯之吉は居住まいを正した。

「それでは、あたしもお庭に入りたいと思うのですが」

「うむ。宜《よろ》しく頼むぞ」

「あい。心いたしまして」

卯之吉は庭に出ようとした。縁側の下で三右衛門が玉砂利に膝をついている。沓《くつ》脱《ぬ》ぎ石の上には卯之吉の雪駄《せった》が揃えてあった。

雪駄に足指を通そうとした時、卯之吉はふと、視線を感じて目を上の方に向けた。

江戸の町家は二階以上の高層建築を禁じられていたが、大名屋敷は三階建ての望楼を備えていることがあった。沓脱ぎ石の反対側の建物の屋根の上に、望楼が突き出している。錦の装束を着けた高貴な女人が立っていた。

（ははぁ、奥方様でございますね）

卯之吉は即座に察した。

奥方様の横には、卯之吉の潔白を証言してくれた梅ヶ谷の姿もあった。本来なら卯之吉など、奥方様の御尊顔を拝することのできる身分ではないのだが、たまたまお庭の見物をなさっていた奥方様の目に、下賤《げせん》な者の姿が止まった、という形式ならば問題にはならない。

卯之吉は恭しく低頭した。顔を上げた時、奥方様が少し、頷き返したようにも思えた。

（さぁて、やるべきことをやってしまわないとねぇ）

卯之吉は庭に急いだ。庭では、脇目もふらずに奔走する俵蔵と、それを困惑顔で見つめる銀八と美鈴の姿があった。

「若旦那ァ」

銀八がやってきた。

「あのお人にゃあ、ほとほと参ったでげすよ」

俵蔵に鼻ヅラを摑《つか》まれて、あちこち便利にこき使われていたらしい。

銀八としてみれば、（どうして若旦那の知り合いってのは、こうも非常識な連中ばかりなのでげしょう）という気分である。自分自身もかなり常識はずれの幇《ほう》間《かん》なのだが、それは考慮に入っていない。

卯之吉はほんのりと笑った。

「そう言っておくれでないよ。今となっては俵蔵さんが、あたしの命綱さ」

家老殺しの冤罪《えんざい》を晴らすことができなければ拙《まず》いことになる、という意識はあるようだ。

「さて、あたしも乗り込むかねぇ」

この前の夜は、怖くて縁側から下りることもできなかったのだが、今は昼間でもあるし、お化け騒動はどうやら作り物だとわかってきた。卯之吉は微笑みすら浮かべながら、庭の中に歩んでいった。

その姿は、望楼から見つめる楓ノ方の目には、切れ者の辣腕《らつわん》同心が勇躍、調べに乗り出す姿と映ったに違いなかった。

「ああ、若旦那」

俵蔵が卯之吉の姿を認めてニヤリと不敵に笑った。

「よくぞあっしを、この騒動に引きずり込んでくださいやしたね。まったく、面白くってならねぇや」

「ほう、そうかい。それは良かった。で、なにか手掛かりは摑めなすったかい」

「ええ、まぁね。こいつを見てくだせぇ」

俵蔵は卯之吉を築山の後ろに引っ張りこんだ。

「なんだろう？　土を掘りかえした跡があるねぇ」

庭石を組んだ根元に、荒々しい掘りかえしの痕跡《こんせき》があった。他の部分が丁寧に苔《こけ》など植えられていたので、余計に目立つ。

俵蔵はその痕跡の近くに立った。

「あちらの御方の話と、つき合わせて考えるに……」

と、手持ち無沙汰に庭に立つ美鈴に目を向けた。そして意味ありげな笑みを卯之吉に向けた。

「あのお侍《さむれ》ぇは、女形《おやま》の逆しま、女人の男装でございますね」

さすがに芝居者だけあって一目で見抜いた様子だ。そしてますます卑猥《ひわい》に笑み崩れた。

「若旦那も隅に置けねぇ。あんな美女に男装をさせてつき従えさせているたぁ、よほどの通人にしか成し得ぬ趣向ですぜ。へへっ、お布団の中ではねんごろに、可愛がっていなさるんでしょうな」

「そんなんじゃあないよ」

本当に、そんな話ではないので卯之吉はきっぱりと答えた。

「それで、化け物の謎解きはどうなったえ」

俵蔵は真面目な顔つきに戻った。

「へい。この掘りかえしの跡は、声筒を埋めてあった跡に違いねぇ」

「なんだえ、それは」

「へい。長い筒の先にラッパをつけておきやすとね、筒の先で喋った声がラッパの口から聞こえてくるんで。元々は、南蛮人《なんばんじん》の船についてる仕掛けだって聞きやしたぜ」

「なるほど、声はすれども姿は見えずか。作り物の幽霊が喋るからくりはそれだね」

「へい。それからこの穴は、そのゴギミンサマってぇお化けの仕掛けを立てた跡に違ぇねぇ」

　俵蔵はいくつかの丸い穴を指差した。

「あっしの見るところ、こいつぁ、江戸三座の裏方の仕事じゃねぇですよ。大方、宮地芝居のやり口だ」

「ほう、そうかえ」

「半日のご猶予をいただければ、あっしが、同じ幽霊を用意して御覧にいれまさぁ」

　卯之吉も酔狂者である。即座に興味を引かれた。

「それは面白いねぇ。今晩、お化けを出せるかい」

「へい。任せてやっておくんなせぇ」

　舌なめずりでもしそうな顔つきで俵蔵は請け合った。そしてその顔つきのまま、美鈴に目を向けた。

「しかしね、旦那。あっしの化け物なんかより、あの女お化けのほうがよっぽど幽玄で趣《おもむき》がありやすぜ」

　美鈴のことがよほど気に入ったようだ。

端で見ていた銀八は、(お化け好きは女お化けがお好きなようでげすなぁ)などと心の中で、辛辣《しんらつ》な感想を漏らした。

二

夜も更けた。川内家上屋敷の庭に面した広間に、当主の美濃守を初めとして江戸屋敷詰めの主だった家臣たちが勢ぞろいした。

美濃守の御座所の横には御簾《みす》が下ろされている。どうやら奥方様もお見えになったようだ、と卯之吉は思った。

百目蠟燭《ろうそく》が何本も立てられ、金箔、銀箔の張られた広間が明るく輝いている。

卯之吉は下の座敷の青畳の上にゆったりと腰を下ろした。

一同の視線が卯之吉に集中する。卯之吉はまったく緊張した様子も見せずに、優雅に低頭した。

「お待たせいたしました。お化け騒動の種明かしを始めさせていただきたく、存じあげ奉りまする」

美濃守がせっかちに身を乗り出してきた。

「八巻よ、一連の謎がすべて解けたと申すか」

卯之吉は少し、首を傾《かし》げてから答えた。

「すべて……かどうかはわかりませんが。まぁ、おおよそのところは」

煮え切らない、武士にあるまじき物言いである。広間に控えた家臣たちが一様に不可解そうな、あるいは不愉快げな顔をしたが、卯之吉はまったく気にする様子もなく、薄笑いなど浮かべた。

家臣たちは卯之吉のことを、南北町奉行所きっての切れ者同心だと信じ込んでいるので、（これは韜晦《とうかい》か、我らを動揺させようという策か）などと考えて、ますます顔つきを険しくさせた。

「それでは、始めさせていただきますよ。蠟燭の火を消しておくれなさいな」

小姓たちが卯之吉の指示に従って蠟燭を消していく。

小姓は川内家の家臣の家に生まれた若者たちだ。卯之吉などより身分はずっと上なのだが、卯之吉の超絶的な物腰に圧倒されて、言われるがままに広間の明かりをすべて消した。

広間が闇に包まれる。庭の風景が夜目にもぼんやりと浮かび上がって見えた。

雨戸はすべて戸袋に仕舞われ、障子戸や杉戸も外されている。美濃守と楓ノ方、家臣たちの目には、庭の様子がすべて一望できた。

「お殿様」

卯之吉は美濃守に訊ねた。

「最初に怨霊《おんりょう》を御覧になった夜も、このような景色でございましたね」

「うむ。左様じゃ」

「それでは、この八巻のお化け芝居、どうぞお心を和らげて、御堪能くださいませ」

卯之吉はパンパン、両手を叩いて合図を送った。

一同の者は固唾《かたず》を飲んで、夜の庭を見守った。その場がシンと静まりかえった。

それでも、最初は何事も起こらなかった。

ここで暫しの間を置いて、観客を焦《じ》らし、庭に意識を集中させることが肝要だと、優れた芝居者である俵蔵は判断したのであろう。

美濃守も家臣たちも、「なんじゃ、どこじゃ」と言わんばかりに、視線を庭の隅々に走らせている。そして、いい加減に困惑を感じ始めた頃合いに、突如として庭先にポッンと小さな火が灯《とも》った。

ほんの小さな、種火のような明かりであったが、その場のすべての者たちが、

その小さな明かりに視線と意識を吸いよせられた。と思った瞬間、

「出たッ！」

何者かが叫んだ。五本の磔柱《はりつけばしら》が闇の中に、いきなり浮かび上がったのだ。

「な、なんとッ！」

血気盛んな若侍などは佩刀《はいとう》に手をかけて片膝立ちになっている。

青白く光る磔柱。縦の柱に横棒が荒縄で縛りつけられている。不気味で不吉な光景だ。その場にいるすべての者たちが、背筋に悪寒を走らせた。

「静まれッ」

塙が叱責して、皆を座り直させた。

と思った瞬間、今度は、ただの磔柱に五人の罪人がヌウッと出現したのだ。単《ひとえ》の着物の胸元がはだけて、肋骨の浮いた身体が見えている。顔貌もやせこけた義民たちが、ザンバラ髪を振り乱し、座敷の方を見つめていた。

「恨めしい」

地の底から湧き上がるような声が聞こえた。

それをかき消すような明るい声が広間に響いた。

「如何《いかが》ですねお殿様。あたしがご用意できたお化けは、こんなものなんですけれ

ど」

美濃守は愕然《がくぜん》として、唇を震わせながら答えた。

「余が目にしたものは確かにこれじゃ。寸分違《たが》わぬぞ」

「左様でございましたか。それは何よりでございます。で、これからが俵蔵さんの工夫でございましてね」

いきなり、五つの首が宙に飛んだ。

「ぎゃあっ」

濡れ縁に控えていた武士が腰を抜かした。本物のお化けだと思ったわけではない。役者が幽霊を演じているのであろう、と推察していたところへ、首が抜けたから驚いたのだ。

卯之吉は答えた。

「あたしと、あたしの供の者と、御当家の中間の勇次さんが見たのがコレです。なんでも唐《から》ノ国では飛頭蛮《ひとうばん》と呼ばれている妖怪なのだそうで」

無念の形相で空中を飛び回る生首を、卯之吉は微笑みながら目で追った。

「あの時はあたしも、ずいぶんと驚きましたがねぇ。こうしてみると、なかなか愛らしくもありますねぇ」

どこが愛らしいのか、と、その場の全員が唖然《あぜん》としたはずだが、その直後、さらに一同を驚かせる事態が起こった。

「ぎゃあっ」

「な、なんたること！」

飛び回る生首が、口から青い炎を吐き始めたのだ。

「あ、あれは瘴気《しょうき》ぞ！　病の元じゃ！　殿に、奥方様に、かかってはならぬ！」

川内家お抱えの御典医なのか、総髪の老人が美濃守を庇《かば》って前に出てきた。袖を広げて我が身を、瘴気とやらの盾にしようとしている。その忠義のほどはあっぱれだが、卯之吉は、キョトンとした顔で答えた。

「あれは、アルコーレ（アルコール）に火をつけているだけですよ」

蘭学者はアルコールに火をつけて実験などをしている。蘭方医を志した卯之吉には、当たり前の知識で、かつ、よく見慣れた青い炎だが、漢方医である御典医には初見であったらしい。

美濃守も落ち着きを取り戻している。

「よく見えぬ。下がれ」

と、目の前に立つ御典医を下がらせた。御典医は面目を失って、すごすごと退いた。

卯之吉は美濃守に向かって言った。

「ということでございましてね。あたしがご用意したお化けからくりはこのようなものにございます。如何でしたか。楽しんでいただけましたでしょうか」

「う、うむ。……しかし、余は、面相の崩れた侍女を見た！　あれはいったい、なんだったのだ」

「それでございましたら、ほれ、あそこに」

卯之吉が扇子でスッと指し示した廊下の先に一人の女が立っていた。女の傍《かたわ》らに控えていた銀八が、燭台の上に伏せてあった覆いを外して、女の顔を下から照らしあげた。

美濃守が悲鳴を上げた。広間の者たち全員が戦慄《せんりつ》して、腰を浮かしたり、脇差しに手をかけたりした。

面相が崩れ、片目の潰れた女が立っている。鼻筋や唇が美しく整っているだけに、よりいっそう凄惨《せいさん》に見える姿だ。

「そうじゃ！　あの女じゃ！」

美濃守が震え声を絞り出せば、

「おのれッ、殿のお心を悩ませる妖怪！」

今にも斬りかかろうとする侍もいた。

卯之吉は平然と見守っている。田舎大名家の侍が脇差しで斬りかかったところで倒せる相手ではない、と知っていたから安心である。

「あの顔は作り物です」

卯之吉は広間中によく通る声で説明した。

「柔らかく炊いたご飯をすり鉢で練って、絵の具を混ぜて塗り固めた物でございますよ」

化け物女はスルスルと卯之吉の側に歩み寄ってきて、膝を揃えて座り、美濃守に向かって平伏した。顔を伏せながら卯之吉だけに聞こえる小声で、

「どうして、わたしがこのような役を……。いくら旦那様でも、怨《うら》みます」

と言った。卯之吉はクスッと笑って答えた。

「よくお似合いでございますよ、美鈴様」

美鈴は拗《す》ねたように顔を背《そむ》けた。

美濃守は、ひたすら感心した様子で頷いた。

「余が目にした化け物は、すべて、何者かの仕掛けたからくりであったと申すの

だな」

「左様でございますねぇ。お殿様のお心を悩ませようという、悪戯《いたずら》に相違ございませんでしょう」

庭に置かれていた篝火《かがりび》に火がくべられた。煌々《こうこう》と照らされた夜の庭に、黒子姿の芝居者たちの姿が浮かび上がった。

細い柱を軸にして、黒い布の幟《のぼり》が立て並べられている。その黒布には燐《りん》で、ゴギミンサマの絵が描かれてあった。闇の中ではこの絵の輪郭が光って見える。黒子はあっと言う間に幟を下ろすと、柱を引っこ抜いて立ち去った。

生首の張りぼてをぶら下げた釣り竿を担いで、別の五人も退散する。後には夜の庭の静寂だけが残った。

美濃守は呆然《ぼうぜん》として呟《つぶや》いた。

「余の屋敷の庭先で、このような仕掛けがなされていたとは……」

その時、近習番頭の塙が、憤然として卯之吉に食ってかかってきた。

「しかし！　あのような曲者《くせもの》ども、いかにしてお庭先に踏み込むことができたのだ！　我らの目は節穴ではない！　夜には屋敷の門も閉ざされる！　この屋敷に出入りすることはできぬぞ！」

卯之吉は頷き返した。

「いかにも左様でございましょう。お化け騒動の後、こちらのお屋敷は上へ下への大騒ぎとなっていたはず。お庭に忍び込んだ曲者たちがお屋敷の外に逃げることはできますまいねぇ」

塙は「フンッ」と鼻を鳴らした。

「ならば、八巻殿の見立ても、半分しか当たってはおらぬではないか」

「ええ。それなんですがね」

卯之吉は庭に目を向けた。

「軽い竹や布で作った仕掛けだと言っても、それをどこかに隠しておく場所が必要です。それであたし、昼間のうちにお庭のあちこちを覗かせていただいたのですが、仕掛けを運んだ黒子のものらしい足跡が、あちらの方角の枝折《しお》り戸を抜けて、別のお屋敷に続いているのを見つけたのですが……」

「曲者の足跡だと！　どこの枝折り戸でござるか」

「ええと、庭石の三本立った築山の、赤松の陰にある枝折り戸で、その先にあるのは、あれはこちらの御家中の、どなたのお屋敷でしょうかね？」

大名家の家臣たちの家は、大名屋敷の敷地の中に建てられている。その中のひとつが、この曲事《くせごと》の拠点となっていた、と指摘したのだ。

卯之吉の言葉を受けて、家臣たちがザワザワと私語を漏らした。互いに目引き袖引きしている。

卯之吉は駄目押しとばかりに言った。

「そのお屋敷を調べていただければ、今、あたしがお見せしたのと同じ、お化けのからくりがみつかると思いますよ」

美濃守がポツリと呟いた。

「そこは、上田萬太夫の屋敷じゃ……」

「おやまぁ」

卯之吉はちょっと驚いた顔をした。

「あの、お首を落とされてしまった御家老様のお屋敷ですかえ」

広間にざわめきが潮騒のように広がっていく。「なぜ御家老様が」などと皆で囁《ささや》きあっている。誰も「静まれ」と叱る者がいない。それほどまでに衝撃的な事実であったのだ。

「それであたし、考えたんですがね」

卯之吉は続けた。

「この幽霊騒動は、いったいなんのための仕掛けだったのだろうか、とね」

美濃守が表情を険しくさせて聞き返してきた。

「いかなる意味か」

「はぁ、どうやらこの幽霊騒動は、御家老様がお殿様を脅かすためにやっていたことだと、あたしには推察がついたのですがね、御家老様がそこまでしなければならなかった理由って、いったいなんなのでしょう？」

美濃守は無言だ。卯之吉は庭のほう、上田萬太夫の死体が発見された辺りを、痛ましそうに見つめた。

「御家老様は、なにがなんでもゴギミンサマの怨霊に出てきてもらわなければならなかった。そしてその怨霊を見たお殿様が、なにかをお感じになられるのを期待なさったのでしょうね」

と、その時、

「黙れッ！」

突然に絶叫して立ち上がった者がいた。卯之吉は目を向けた。

盛本右馬之介が顔面を真っ赤にさせ、額には汗を滴らせて立ちはだかっている。あまりに凄《すさ》まじい形相に、近くにいた勤番侍たちが思わず後ずさりをして場を空けてしまったほどだ。

盛本右馬之介は吠えた。

「貴様などにッ、我が家中の内情を忖度《そんたく》される覚えはないッ！　町方の不浄役人めが！　成敗してくれるッ」

腰の脇差しを抜いた。周囲の者たちが動揺して騒ぎ立てた。

「盛本ッ、殿中だぞ！」

「殿の御前でござるぞ！」

御殿内で刀を抜いたら、その本人は切腹。家の断絶も免れない。しかし右馬之介は怒りに目を剥《む》いているばかりで、聞く耳を持とうともしなかった。否、周囲の声が聞こえているとは思えない。完全に正気を失っている顔つきであった。

「八巻ッ、覚悟ッ！」

脇差しを構えて突進してくる。

卯之吉は呆然と眺めているばかりだ。大店《おおだな》の若旦那は喧嘩すらしたことがない。咄嗟《とっさ》に腰を浮かすこともできなかったのだ。

「死ねぇぇっっ！」

盛本右馬之介が体当たりをブチかますようにして突っ込んできた。脇差しの切っ先が卯之吉の胸元に狙いを定めて突き出されてくる。

その瞬間、美鈴がスッと間に入って、盛本の利き腕を摑んだ。膝を擦るほど低い姿勢で盛本の懐に飛び込んだと思った直後、盛本の巨体は空中でもんどりを打って投げ飛ばされていた。

「ぐわっ」

盛本はドシーンと背中から御殿の畳に叩きつけられた。受け身を取る暇もないほどの素早い投げだ。盛本は背中を強打して失神した。「ウーン」と一声、唸《うな》っただけであった。

美鈴は顔に化け物の仮装を施したままだ。そんな姿で巨漢の武士を投げ飛ばしてしまったのだから、ますますもって薄気味悪い光景である。広間の武士たちは、声もなく見守るしかない。

卯之吉は、気を失いこそしなかったものの、しかし、何が起こったのか、まだ理解できていない顔をしている。

まったく恐怖も感じていない平静な顔つきで、「こちらは?」と、塙に訊ねた。

塙は苦虫を嚙み潰したような顔で答えた。

「当家の家老の、腹心の者でござる……」

「左様ですか」

卯之吉はほっそりとした指を顎に当てて考え込んだ。

「こちらの御方の仰《おつしや》る通りでございますね。あたしなんかが、お大名様の内々のことを詮索するのは不見識というものです」

皆は息を飲んで、卯之吉の言葉を聞いている。

八巻卯之吉は小身とはいえ、徳川家の家来だ。しかも八巻個人は老中の本多出雲守とも親しい。そんな人物に、川内家七万石の不行跡を暴かれてしまったのだ。次第によっては川内家の減封や改易もあり得た。

卯之吉は、シャナリと座り直して、美濃守へ身体の正面を向けた。

「それでは、あたしはこれにて下がらせていただきます」

美濃守に平伏してから、左右に居並ぶ家臣団にも、優美な笑みを向けた。

「どちら様も、ご機嫌よろしゅう」

恭しく腰を屈めてお尻から下がって、卯之吉は大広間を後にした。

皆、声もなく、卯之吉を見送るしかなかった。

卯之吉が濡れ縁を回って、表御殿から出ようとしたとき、

「あっ」

濡れ縁の下にうずくまっている侍を見つけた。卯之吉は痛ましそうに首を横に振った。

「もぅし、申し上げます。こちらでご当家のお侍様が、御自害なさっておられますえ」

「なにっ」

塙が数名の配下を従えて駆けつけてくる。

「これは、薄田半次郎……」

玉砂利の上に突っ伏していた薄田半次郎を塙が抱き起こした。

卯之吉はこれでも医師を目指した者である。すでにこと切れていることは理解していた。

「お腹《はら》をお召しになった後、首の血管《ちくだ》を切ったのですねぇ」

それなら介錯《かいしゃく》もいらず、すぐに死に至ることができる。

「こちらも、御家老様に近しい御家来様ですかぇ」

塙も、誰も答えない。目を伏せているだけだ。

「それじゃあ、あたしはこれで。今度こそ本当に、御免下さいまし」

美鈴と銀八を従えて、脇の出入り口から御殿を出た。

表では、三右衛門と俵蔵と芝居者たちがニヤニヤと笑いながら待っていた。御殿での惨劇を知らない彼らは、大名家を驚かせてやったのが愉快でならない様子であった。

「どうでしたかい、首尾は」

俵蔵が訊《き》いてきた。卯之吉は力なく、笑みを浮かべた。

「まぁね。俵蔵さんのお化けからくりには、皆さん、肝を潰していなさったよ」

「へっ、そうだろうともよ」

俵蔵は不敵な面構えで笑った。

「しかし、お大名様が相手じゃあ、『これを機会にどうぞ俵蔵のお化け芝居を御贔屓《ひいき》に』ってなわけにもいかねぇ」

卯之吉は「フッ」と笑った。

「そのぶんあたしが贔屓にさせていただくさ」

三国屋の若旦那の金離れの良さは、芝居者なら誰でも知っている。皆、一斉に歓声を上げた。

卯之吉は言った。

「それじゃあ、早速だけど、これから遊びに行くかえ」

気分直しにパッと散財でもしないことにはやりきれない。

俵蔵は笑った。

「その前《め》ぇに、そちらのお顔を直しとかないと」

美鈴の顔を見て白い歯を剥く。

「そんなツラつきで夜道を歩いたら、びっくりして心ノ臓が止まっちまう年寄りが何人も出まさぁ」

俵蔵が美鈴の仮装を剝《は》がしにかかった。卯之吉は沈鬱な思いで、御殿の屋根にかかった月を見上げた。

三

翌日、江戸市中は朝から喧騒《けんそう》に包まれていた。

「待ちやがれッ！」

荒海一家の法被《はっぴ》を着けた若衆が数人、目抜き通りを走っていく。彼らの前を職人姿の男が必死の形相で逃げていた。

荒海一家の者たちは、卯之吉を陥れようとした瓦版屋を執拗《しつよう》に探索していた。いま追いかけている男も瓦版の版元の手代である。

三右衛門が歯噛みをしながら手下どもに下知《げち》する。

「逃がすなッ！　野郎が黒幕を知っていやがる！」

複数の瓦版屋で刷られた家老殺しの一件。そのネタを持ち込んだ人物を、手代は見知っていると三右衛門は睨《にら》んでいた。

瓦版屋の彫師や刷師を何人捕まえても事の真相はわからない。瓦版を作らせた大本を捕まえなければならなかった。

手代はヒイヒイと喘《あえ》ぎながらも、凄まじい脚力で走り続ける。瓦版屋は存在そのものが御法度だから、役人から逃げることには慣れている。一見、行き止まりに見える路地を抜け、稲荷の杜《もり》の境内を抜けて走り続けた。

そしてついにその男は、荒海一家の手の届かない聖域へと逃げ込むことに成功した。

「あっ、くそっ」

三右衛門が足を止める。子分たちも蹈鞴《たたら》を踏んで停止した。

荒海一家の目の前に下谷広小路が伸びていた。道の先には三橋と、寛永寺の黒門が見えた。

「親分、ここから先は……」

三右衛門はカッとなって怒鳴り返した。

「手前《てめ》ェに言われなくたって、わかってらぁ！」

ここから先は寛永寺の支配地。町奉行所の手の者には、踏み込むことが叶《かな》わない。

「親分、どうしやす」

「どうするもこうするもねぇ！　荒海一家の三右衛門としてならともかく、今のオイラは八巻様の御用を預かってる身だ！　こっから先へは一歩も進めねぇ」

「あと少しのところだったのに」

子分たちは恨めしそうに、上野の御山と黒門を見上げた。三右衛門は子供のように地団駄を踏んで悔しがっている。


山嵬坊が差配する門前町の料理屋に、お峰が伊達《だて》な身のこなしで入ってきた。

「ごめんなさいよ、御上人様はいらっしゃりますかえ」

店の者はお峰の顔を見覚えていた。すぐに二階の、山嵬坊の座敷へ通した。

山嵬坊はお峰の顔を一目見るなり、顔を真っ赤にして激昂しだした。

「お峰ッ、手前ェ、よくもぬけぬけと拙僧の前にツラぁ出せたなッ！」

お峰は畳に両膝を揃えると低頭し、しれっとした顔つきで答えた。

「ちっとばかり敷居が高《たこ》ぅございましたえ。……やることなすこと八巻に裏をかかれ、このお峰が恥のかきっぱなし」

「わかっているなら、どう落とし前をつけやがる。簀巻《すま》きにされて、不忍池に沈められる覚悟でやって来たのか」

お峰は抱えてきた風呂敷包みを畳に置いて、ズイッと山嵬坊のほうへ押し出した。山嵬坊は目を剝いた。

「なんだ、それは」

「あい。薄田半次郎様からお預かりした金子《きんす》にございますよ」

「薄田から?」

山嵬坊は風呂敷包みを引き寄せて解き、中の箱の蓋を開けた。

「おう、約束の半金か!」

「あい。川内家の御屋敷で見聞きしたことは口外しないでくれ、との、最後の言《こと》伝《づて》でございましたのサ」

「なるほどお峰、口止め料をせしめてきたってわけかい」

途端に上機嫌になった山嵬坊は、黄ばんだ乱杙歯《らんぐいば》を剝き出しにして笑った。

「でかしたぜ。それならこっちにゃあ文句はねぇ」

お峰は風呂敷を畳みながら唇を尖らせた。

「御上人様になくても、あたしは憤懣《ふんまん》のたまりっぱなしさね」

山嵬坊も笑顔を引っ込めて、苦々しげな顔つきに戻った。

「おうよ。今も瓦版屋が逃げ込んできやがったぜ」

「どうなさいました」

「後腐れねぇように始末しとくようにと、子分どもに命じてきたから大丈夫だ」

「さすがは御上人様。ぬかりのないこと」

「八巻の野郎、どうやら今度の一件は拙僧の差し金だと、薄々勘づいていやがるようだ。荒海一家が御門前にチラチラと顔を出しやがって、煩《わずら》わしくってならねぇ」

「御上人様」

「なんだよ」

「どうやら御上人様は、南町の八巻と、殺《や》るか殺られるかの切所に踏みこんじまったようですねぇ」

「悔しいがな、拙僧も同じ考えだぜ。……くそっ、田舎大名の口車なんかに乗っちまったからこのザマだ。やいっ、お峰、手前ェだって――」

「あたしをこの件に引き込んだのは、御上人様でしょうに」

「うっ、それを言われちゃあ一言もねぇな」

「御上人様、こうなったら御上人様とあたしとで手を組んで、八巻を始末するよりほかにございますまい」

「む……」

「御上人様の御配下なら、荒海一家を抑えることができましょう。それに御上人様には寛永寺様という、偉い後ろ楯がついていなさる」

お峰は、鋭い眼差しで山嵬坊を見上げた。

「南町の八巻に歯向かうことができるのは、今や、下谷広小路の山嵬坊様しかいらっしゃいませぬ」

「手前ェ、拙僧を手前ェの敵討ちに巻き込もうって魂胆か。嫌だ、と言ったらどうする」

お峰は「フッ」と笑った。

「御上人様が『八巻に楯突くのは嫌だ』と言ったって、それで手を弛《ゆる》める八巻じゃあござんせん。いつかは八巻にあげられてしまうに相違ありませんよ」

山嵬坊は「ぐうっ」と咽《のど》を鳴らした。それからそっぽを向いて、煙管を咥《くわ》えながら考え込んだ。

お峰は微笑しながら返答を待っている。山嵬坊が「否」と言えないことはわかっていた。

四

数日後、卯之吉は吉原にある大黒屋の座敷で、優雅に酒を飲んでいた。

金に飽かせて集めた芸人たちが愉快で騒々しい曲を掻《か》き鳴らしている。その輪の中で銀八が、壮絶に拙い踊りを披露していた。

そこへ、小太りの中年男が入ってきた。

「よぉ、卯之さん」

挨拶もそこそこに、断りもなく卯之吉の隣に座り込んだ。

「これは朔太郎さん。しばらくのご無沙汰でしたねぇ。このところ吉原においでにならないから、どうしちゃったのかと案じておりましたよ」

遊び人の朔太郎、その実体は寺社奉行所の大検使、庄田朔太郎は、ひったくるようにして銚釐《ちろり》を摑むと、手酌で大盃に注ぎ、一気に呷《あお》ってから、呆《あき》れ顔で答えた。

「なに惚《とぼ》けたことを抜かしていやがる。オイラは卯之さんの後始末に奔走させられていたんじゃねぇか」

「あたしの知らないところで朔太郎さんに世話になっていたのですかえ。だけどねぇ、あたしがいつ、どこで、どんな不始末をしでかしましたかねぇ……」

「馬鹿言ってんじゃねぇ。例の化け物屋敷の後始末に決まってるじゃねぇか」

「はぁ、川内美濃守様の……」

「幽霊と大名の始末は、町方役人にゃあ荷が重いぜ」

「はぁ、それでそちらさまにお鉢が回ったということですかえ」

寺社奉行は、譜代大名の出世の登竜門である。寺社奉行を手始めにして、大目付や若年寄や老中にまで駆け上がっていく。諸国の大名たちにも睨みが効く重職なのだ。

朔太郎は行儀悪く大胡座《あぐら》をかいた。緋縮緬《ひぢりめん》の襦袢《じゆばん》が露になった。

「お前さんの睨んだ通りだったぜ。あの屋敷で化け物のからくりを操っていたのは、どうやら、上野広小路の宮地芝居と見世物小屋の連中らしいや」

「はぁ、上野広小路。寛永寺様の御門前ですね。たしかに、あたしたち町方では手が出せない」

川内家の屋敷でからくりを操っていたのは江戸三座の者ではない、と言い切ったのは俵蔵だ。卯之吉はその言葉をそっくりそのまま、朔太郎に伝えたのである。

かくして朔太郎は江戸中の境内や門前町をくまなく調べた。疑わしい者たちを拘引《こういん》し、絞り上げている最中なのだ。

「どうやら、山嵬坊ってぇ悪僧が首魁《しゅかい》らしいんだが、はっきりした証拠がねぇ。相手は仮にも寛永寺の僧侶だ。なかなかに難しい。今回だけじゃあ、引っ張ることはできねぇかも知れねぇな」

それからチラリと卯之吉に目を向けた。

「山嵬坊について、オイラの手下どもに探らせたんだが……」

寺社奉行所にも探索に当たる小者が雇われている。

「どうやらその悪僧にゃあ、とんでもねぇ女狐が張りついているようなんだぜ」

「女狐？　女人の悪党、でございますかぇ」

「おうよ。そいつがな、どうやら、お前さんの命をつけ狙っていやがるようなんだよ」

「えっ」卯之吉は絶句した。

「どうしてあたしの命なんかを。こんな穀潰しの放蕩《ほうとう》者を殺したところでどうにもなりゃあしないでしょうに」

「馬鹿を言え。そいつが狙っているのは三国屋の若旦那の首じゃねぇ。南町の八巻の首を狙ってるんだよ。決まってるじゃねぇか」

「ああ、なんと」

卯之吉はわずかに動揺した顔つきで、盃を呷った。それから少しばかり黙考に入った。

朔太郎は少し驚いた顔つきで、身を寄せてきた。

「どうしたい、珍しく深刻なツラなんかしやがって」

「朔太郎さん、あたしね、今のお話を伺って、ひとつ、解けた謎があるんですよ」

「なんだよ」

「ええ。あの瓦版。御家老様がお亡くなりになってすぐに、瓦版が刷られたでしょう？　いくらなんでも手際が良すぎる。あれはきっと、前々から用意がされていたに違いない、そう思っていたんです」

「つまり、なにかぇ。家老殺しの罪を南の八巻サマになすりつけようって陰謀が、準備万端、整えられていたってことかい」

「そうなんでしょうねぇ。だってあたしの差料には、いつの間にか血がつけられていましたからね」

「恐ろしいことを考えやがる」

「それで、御家老様殺しの件は、どうなりましたかえ」

「うむ。川内家の上屋敷に、大目付様が乗り込まれてな」

「へぇ、それは大事ですねぇ。それで、川内家の御家中はなんと申し開きなされたのです」

「南町の八巻サマに首根っこを摑まれちまったんだ。川内家も正直に白状するしかあるめぇよ」

「よしておくんなさいよ」

「結局のところ、上田萬太夫は諫死《かんし》をした──ってことで収まりがついたぜ」

「諫死？　なんです、それ」

「諫死ってのは、家臣が命を捨てて殿様を窘《たしな》める行為だ」

「命を捨ててお諫《いさ》めするんですかえ。それは、驚くでしょうねぇ」

「そうでもしなくちゃ目が覚めない馬鹿殿にする面当てだな」

「ははぁ」

「美濃守の遊興ぶりは、この吉原でも評判だからな。家老が一命を賭して諫言奉った、と聞けば、みんな納得しちまうってことさ。ま、これで八巻サマにかけられた嫌疑も晴れたってことだ」

瓦版を撒《ま》いた者たちも三右衛門の手で残らず召し捕られて、手鎖や遠島の刑に処せられた。元々、南町の八巻は江戸で大人気の同心である。悪い噂は信じる者より、信じたがらない者のほうが多かった。

肝心の八巻が詰め腹を切らされたという話もない。八百八町の町人たちは「あれは質《たち》の悪い風説だったのだ」と判断して、すぐに忘れてしまうだろう。

朔太郎は、また手酌で注いで、盃を呷った。

「川内家にゃあ、近々、普請の命が下ることになったたぜ。『遊興に使う金があるなら、街道の整備でもいたせ』ってことらしいや」

それから皮肉な顔つきを、窓の方に向けた。

「金撒き大名もしばらく吉原には来られめぇなぁ。なんだか、ちっとばかし、寂しい気分にもなるねぇ」

そこへ菊野太夫が振袖新造と禿《かむろ》を従えて入ってきた。

卯之吉と朔太郎は客ではあるが、松ノ位（最上級）の花魁《おいらん》は客に愛想など振りまかない。挨拶もなく、悠然と腰を下ろした。禿たちが装束の裾の形を整えた。

朔太郎は意味ありげな苦笑いを菊野太夫に向けた。

「南町の八巻様のご活躍で、川内家の不行跡が検《あらた》められたはいいが、太夫の身請け話も、これで御破算になってしまったねぇ」

懲罰的に普請を命じられた川内家には、もう、身請けの金を用意するだけの余力はない。いずれ正式に断りの手紙が吉原に届けられるであろう。美濃守はとんだ赤っ恥だ。もう二度と吉原には足を向けられないかも知れない。

しかし菊野太夫は、かえってせいせいした、という顔つきであった。

「それでいいのでありんすよ。御領民を苦しめたお足で身請けされても、わっちはひとつも嬉しいことなんぞありんせん。身請けをされて、美濃守様の御領国に乗り込んでも、針の筵《むしろ》でありんしたろう」

朔太郎はパチンと手をうった。

「さすが！　それでこそ吉原の太夫だぜ！　たいした張りだ。この朔太郎、感服させられたぜ！」

菊野太夫はほんのりと微笑むと、銚釐を手にして注ぎ口を卯之吉に向けた。

「どうぞ、おひとつ」

「うん」

卯之吉は盃を差し出す。注がれた酒を美味そうに飲んだ。

「さぁて、金撒きお大名様の分まで、あたしが撒くとするかね」

卯之吉はスックと立ち上がった。座敷の者たちが「キャーッ」と沸いた。そればかりか窓の下からもさんざめく声が聞こえてきた。

卯之吉は興に乗ると、窓から身を乗り出して表にまで金を撒く。そのことを知っている芸人や幇間たちが窓の下で待ち構えているのだ。

卯之吉は責任を感じている。川内家の怪を暴いたのは自分だ。巡り巡って菊野太夫の経歴にケチがついてしまった。美濃守ばかりか菊野太夫の体面まで少なからず損なわれてしまったのだ。

菊野太夫の名誉と評判を立て直そうと思ったら、これまで以上に派手やかに金を使って、菊野太夫を守《も》り立てていくしかない。

「そうれ、撒くよ、撒くよ」

卯之吉は金銀を詰めた大きな巾着《きんちゃく》に手を突っ込んだ。

菊野太夫が、花魁としてはありまじきことに、感情を面に出しそうになっている。慌てて顔を背けて、目頭を袖で押さえた。

「派手にやろう！　今夜は朝まで無礼講だよ！」

卯之吉は何も気づかぬ様子で、甲高い声を張り上げ、金銀を高々と投げあげた。

五

パンパンパンッ、と、騒々しい音が卯之吉の耳に響いた。同時に、強烈な眩《まぶ》しさが視界を貫いた。

美鈴が雨戸を開けたのである。下働きではあるがピンと姿勢の張りつめた女剣士だ。雨戸の開け方も恐ろしいほどに威勢がよい。戸袋を突き抜けてしまうのではないかと心配になるほどだ。

朝日が座敷の障子を照らしている。卯之吉は眩しくてたまらず、「ああ」とか「うう」とか唸りながら、布団を頭まで被った。

昨夜は派手に飲みすぎた。二日酔いで頭がクラクラする。そのうえに寝不足だ。とてものこと、起き上がることなどできそうになかった。

「旦那様」

布団の上から手をかけられて揺さぶられた。

「今日は出仕の日ですよ。さぁ、起きてください」

それでも卯之吉は布団から出てこようとしない。

すると、すぐに静かになった。

卯之吉は、寝ぼけながらも（変だな）と思った。卯之吉を起こそうとするときの美鈴は執拗《しつよう》だ。自分が作った朝御飯を早く食べてもらいたいからなのだが、とにかくしつこい。

もっとも、卯之吉が自分で起きてくるのを待っていたら、南町奉行所への出仕の時刻に遅れてしまうわけだから、美鈴としてはどうでも卯之吉を起こさなければならないのである。

それなのに、この日ばかりは急に静かになってしまった。

（どうしたのだろう）と思いながらも卯之吉は、夢見心地のまどろみの中に落ちていこうとした。

その時。

「おのれ、早く目を覚まさぬかぁ」

不気味な声が布団の上から振ってきた。そして布団を捲《まく》り上げられた。卯之吉は薄目を開けてチラリと見た。そして——

「ぎゃあッ」

絶叫とともに布団から這《は》い出すと、いきなり座敷の端まで這って逃げた。柱にしがみついて身震いする。

「みっ、みみ美鈴様！　そっ、そのお顔は……！」

顔の半分が崩れた美鈴が、布団の枕元で笑っている。

「ああ、やっぱり、飛び起きてくださいましたね」

例の化け物の扮装を顔に張りつけているのだ。卯之吉の臆病を逆手にとって、驚かせて起床させようという魂胆だったようだ。

卯之吉はまだ、身震いしている。

「こっ、このような起こされ方は困ります！　寿命が縮みますよ！」

「あら。だって、川内家のお屋敷では、良く似合っている、と、お褒めくださいましたではございませんか」

美鈴も年頃の娘だ。化け物姿を褒められたことは屈辱だったのだろう。その意趣返しでもあるようだ。

「銀八さんは、旦那様は珍奇なものがお好きだ、と言っていたから、きっと、気に入ってもらえると思ったんですよ」

「あい、その趣向は、十分に堪能させていただきましたから。早く、早く、台所に戻ってください！」

「いいえ、お召し替えのお手伝いをさせていただきます。旦那様には、川内家の御家老様を亡き者にした曲者を、捕まえていただかなければならないのですからね」

「ひえーっ」

鬼気せまる顔つきでにじり寄ってきた美鈴を押し退《の》けて、卯之吉は寝間着姿のまま廊下へ逃げた。

双葉文庫

は-20-06

大富豪同心《だいふごうどうしん》
お化《ば》け大名《だいみょう》

2011年8月14日　第1刷発行

【著者】
幡大介《ばんだいすけ》

【発行者】
赤坂了生
【発行所】
株式会社双葉社
〒162-8540 東京都新宿区東五軒町3番28号
［電話］03-5261-4818(営業)　03-5261-4833(編集)
www.futabasha.co.jp
(双葉社の書籍・コミックが買えます)
【印刷所】
慶昌堂印刷株式会社
【製本所】
株式会社ダイワビーツー

【表紙・扉絵】南伸坊
【フォーマット・デザイン】日下潤一
【フォーマットデジタル印字】飯塚隆士

落丁・乱丁の場合は送料双葉社負担でお取り替えいたします。
「製作部」宛にお送りください。
ただし、古書店で購入したものについてはお取り替えできません。
［電話］03-5261-4822（製作部）

ISBN978-4-575-66515-4 C0193
Printed in Japan